LES VIES RÊVÉES DE LA BARONNE D'OETTINGEN

THOMAS SNÉGAROFF

LES VIES RÊVÉES DE LA BARONNE D'OETTINGEN

roman

ALBIN MICHEL

La baronne d'Oettingen ! On ne l'aimait pas dans la famille. Je me demandais, petit, pourquoi on disait du mal d'une personne au nom si romanesque, si séduisant. On ne l'aimait pas, sans raison, c'était ainsi. Et puis, en grandissant, je l'ai oubliée.

Des années plus tard, j'ai hérité du bureau qui avait été celui de mon arrière-grand-père du temps de l'imprimerie. Un mètre quatre-vingts sur quatre-vingts centimètres : un grand bureau, de la taille d'un homme, imposant, dans un bois clair, dense et lourd. Du poirier peut-être. Les bords arrondis révèlent un beau travail d'artisan. Sur le devant, ce bureau compte deux larges tiroirs. De ceux dans lesquels se glissent d'importants documents, et peut-être, grâce à la clé, quelques secrets. Naturellement, j'ai voulu les ouvrir, ces tiroirs. Celui de gauche vint facilement. Des papiers jaunis de comptabilité sans grand intérêt s'y trouvaient. Le tiroir de droite, en revanche, me résistait. Le temps en avait interdit l'accès. Installé devant ce bureau, j'ai longuement tenté de découvrir ce qu'il cachait. Rien n'indiquait un quelconque contenu précieux. Mais le simple fait qu'il me tenait tête le rendait désirable.

J'imagine Dimitri Snégaroff, blouse blanche d'ouvrier typographe sur le dos couvrant un costume sombre épais, appuyé sur la tranche arrondie du bureau comme je le suis un siècle plus tard, écrivant ces lignes.

Il était né dans l'Empire russe, précisément à Vitebsk, une ville d'alors environ soixante-dix mille habitants, nichée dans un méandre de la Dvina occidentale, à peu près à équidistance de Moscou, à l'est, et de Saint-Pétersbourg, au nord. Les Juifs chassés de ces villes, tout comme de Vilnius, à peine moins loin vers l'ouest, se retrouvaient souvent à Vitebsk, si bien qu'à la fin du XIXe siècle, plus d'un habitant sur deux de la ville était juif. C'était le cas de mon arrière-grand-père qui s'appelait encore Abraham Nehamkin, patronyme ne laissant aucun doute sur sa religion. Adolescent, il baignait dans l'univers artistique fécond d'une cité qui vit prospérer une école au legs inestimable pour l'art juif et même mondial. C'est en effet ici que, en 1897, le peintre Iouri Pen ouvrit dans son atelier « l'école artistique de Vitebsk », au sein de laquelle se succéderont, comme directeurs, élèves ou professeurs, des génies tels que Marc Chagall, Kasimir Malevitch ou Ossip Zadkine. J'ignore si mon arrière-grand-père les fréquenta à Vitebsk. Mais je sais qu'il en retrouva certains bien des années plus tard à Paris, dans le quartier du Montparnasse.

Autour de 1900, les Nehamkin quittèrent Vitebsk pour

rejoindre le père de famille à Odessa, où il travaillait dans les chemins de fer. C'est là que mon arrière-grand-père rencontra Olga Billik, dont la famille était originaire de la ville portuaire de Mykolaïv, sur le Boug méridional. À ce moment-là, tout devient flou dans la chronologie : les souvenirs des uns se heurtent à la mythologie des autres. Il faut dire que le grand homme de la famille était un taiseux. Ce qui semble établi, c'est qu'il fut engagé au sein des forces sociales-démocrates hostiles au tsar, au moment de la révolution dite de 1905. Après l'échec de cette dernière et la vague de pogroms qui s'abattit sur la région, notamment à Odessa, il fut forcé de fuir avec Olga. Avant de franchir la frontière, Abraham Nehamkin devint Dimitri Snégaroff. L'origine du nom est inconnue. On a parlé d'un choix *au hasard* de l'identité d'un soldat russe tué à qui il aurait volé ses papiers (cette version effrayante me plaît beaucoup), ou du nom d'une ville. Sur une carte, pendant la guerre de Poutine en Ukraine, j'ai remarqué qu'à une centaine de kilomètres de Mykolaïv, se trouvait une petite ville appelée Snihourivka, à la prononciation proche de Snégaroff. Quoi qu'il en soit, il est fort probable qu'il dut se choisir un nom *goy* pour quitter clandestinement la « zone de résidence » qui empêchait les Juifs de sortir de certaines régions occidentales de l'Empire russe.

Les frères et sœurs de Dimitri préférèrent l'aventure américaine qu'ils embrassèrent depuis le port de

Liverpool. Leur nom demeura Nehamkin, réduit en Neham à Ellis Island.

Selon les bribes d'informations circulant dans la famille, Dimitri et Olga passèrent quelques mois de 1906 en Belgique avant de s'installer à Genève puis en France, peut-être en 1908. Abandonnant son travail de laborantin en pharmacie, Dimitri devint ouvrier typographe, il imprima en particulier, à en croire la mythologie familiale, les brochures politiques de Lénine, qui résidait à l'époque dans la capitale française. À ce qu'on m'a raconté, Dimitri aurait refusé de le suivre en Russie après la révolution. Tant mieux pour sa descendance.

Avec un autre émigré russe, Volf Chalit, il fonda en 1910 l'Imprimerie Union qui se consacra d'abord à l'impression de journaux politiques pour la communauté russe, avant l'arrivée d'une clientèle amatrice d'art et de littérature en 1913. Cette année-là, Apollinaire confia à l'Union l'impression de la deuxième série des *Soirées de Paris*, l'une des revues les plus modernes de son temps.

Pendant plusieurs années, tout ce que Montparnasse comptait d'artistes et de poètes se mit à fréquenter les ateliers de l'imprimerie. L'École de Paris y avait trouvé un lieu pour imprimer ses rêves. Les peintres : Chagall, Picasso, Soutine, Modigliani, Foujita et bientôt Brauner… Les poètes aussi : Éluard, Char, Aragon ou Breton…

Il fallait un beau bureau pour y étaler les épreuves, choisir les papiers précieux pour les tirages de tête numérotés (Japon, velin du Marais, Hollande ?) et signer les contrats.

Ce beau bureau était devenu le mien. De guerre lasse, j'avais abandonné puis oublié le projet d'ouvrir le fameux tiroir. Même sans accès à son tiroir droit, c'était un bureau bien utile pour y déverser quantité de livres, de stylos, de papiers et de câbles en tout genre.

Puis tout s'est débloqué.

Un cancer du sang m'a éloigné de mon bureau. Je passais alors le plus clair de mon temps dans mon lit ou dans celui d'une chambre de l'hôpital Cochin.

Quelques mois plus tard, la tumeur réduite à peau de chagrin, j'ai retrouvé mes habitudes et ce sentiment d'être à ma place devant ce meuble de famille. Cette fois, comme par miracle, le fameux tiroir s'est ouvert presque tout seul. J'ai d'abord été déçu : il y avait peu de choses. Un tableau d'imprimeur cartonné avec au recto une « table des signatures » et au verso le « grammage du papier au m² et concordance à la rame », le tout surmonté du nom, de l'adresse (13, rue Méchain, Paris XIVᵉ) et du numéro de téléphone de l'imprimerie (Gobelins 44-65, 66). La fenêtre de ma chambre à l'hôpital Cochin donnait précisément sur cette adresse. Puis, plus au fond du tiroir, j'ai remarqué un classeur contenant des pochettes en plastique, ainsi qu'une chemise débordant de vieux papiers dactylographiés. J'ouvris d'abord le classeur. Il contenait seulement quatre dessins. Trois étaient des portraits au fusain, esquissés, comme dans l'urgence, sur un coin de table ou de lit. Je reconnus aisément mon arrière-grand-père, ses lèvres charnues et sa dense chevelure noire. Ce devait être dans les années 1920. Les trois portraits avaient été réalisés à quelques années de distance, mais pas davantage. Le quatrième dessin figurait les traits d'une femme au visage oblique et triste que je mis longtemps à identifier. Chaque dessin portait la même signature illisible.

Je dus me résoudre à demander de l'aide à un expert, spécialiste des petits maîtres de l'art moderne. Il ne lui fallut que quelques secondes pour articuler sans le moindre doute : « François Angiboult. » Devant mon regard interrogateur, il m'apprit qu'il s'agissait du pseudonyme choisi par la baronne d'Oettingen lorsqu'elle se faisait peintre. La baronne d'Oettingen. Ce nom enfoui très loin dans ma mémoire remontait à la surface. Elle, ce phare baroque, cette femme-ruines, qui régna un temps sur tout un monde disparu, concentré dans quelques rues de Montparnasse et balayé par la guerre.

Quant à la chemise, elle contenait, comme dans les romans, une liasse de papiers. Un manuscrit écrit au crayon et au titre mystérieux : *Tzores*. Aucun auteur n'était indiqué, et Google resta muet. Plus tard, j'apprendrai sans trop de surprise – je l'avais tant espéré – que la main qui avait tenu ce crayon appartenait à la baronne. Ni d'Oettingen, ni Angiboult, elle n'avait pas choisi de nom cette fois, ou peut-être attendait-elle de vivre une autre vie pour en inventer un. *Tzores…*

La baronne d'Oettingen que ma famille n'aimait pas avait donc fait trois portraits de Dimitri Snégaroff. Mon aïeul les avait conservés dans son bureau, tout près de l'autoportrait de la baronne, tout près d'un manuscrit anonyme, tout près de lui. Leurs visages dormaient ensemble, dans un tiroir qui n'était pas destiné à être ouvert par une main étrangère. Sauf que je l'ai ouvert, et s'en est échappée cette histoire.

Le salon est vide

C'est comme si elle explorait des pays déjà vus.

Son regard circulaire embrasse la pièce. Ce n'est pas la mélancolie qui l'habite. Plutôt le sentiment du devoir accompli. Du passé, il ne reste plus rien que des ruines qu'elle contemple. Elle n'a toutefois ni la force ni l'audace de sourire.

La présence manquante s'affiche sur les murs qui se désespèrent d'être nus. Les rectangles immaculés sont le signe qu'ils ont été peuplés, que la lumière de la rue qui frappait si fort l'après-midi n'a pas jauni la surface cachée.

Elle ferme les yeux, et se souvient de la place de chacun des tableaux. Ici, le petit Modigliani, là, le plus grand, le portrait qu'il avait fait d'elle, un collier de perles noires ornait son immense cou, et son triste regard tourné vers la droite, comme pour implorer le peintre de la rendre belle. Les Douanier Rousseau étaient là, si nombreux qu'ils donnaient à la pièce des allures de jungle et de campagne peuplées de curieux personnages. Les Férat, les Picasso… vendus, donnés, quelques-uns tout de même conservés, en transit, dans les limbes, quelque part où elle irait peut-être les rejoindre. Rien n'était moins sûr. La console sur laquelle trônait la statue d'Archipenko a elle aussi été emportée. Les canapés, les tapis colorés, les fauteuils, les tables basses l'ont suivie. Les bijoux ont été déposés au mont-de-piété, ainsi que quelques vêtements. Les lumières et les éclats ont fui.

Devant elle, ne subsistent que quelques malles dans lesquelles ont été entassés des monceaux de feuilles couvertes de mots. Mais qui voudrait de ces articles, de ces poèmes, de ces manuscrits maintenant qu'elle n'est plus personne ?

Il y a aussi quatre fauteuils rococo, un canapé capitonné rose orné de fleurs blanches en velours, et une table Boulle, souvenir du salon Empire. Les déménageurs vont tout déposer dans un garde-meuble, c'est ce que l'on fait lorsqu'on ne sait même plus où s'installer.

– Qu'ils m'y mettent, dans ce garde-meuble, hurla-t-elle.

Et en regardant son lit qui les attend aussi, elle ajoute, le visage déformé par la colère :

– Chaque tuyau de cuivre pourrait servir de massue pour briser le crâne des imbéciles.

Elle aurait été incapable de les nommer, ces imbéciles : le propriétaire de l'appartement qui la chasse, les voisins qui détournent le regard quand ils la croisent, les anciens amis qui l'ont abandonnée, le temps qui a flétri la peau de son cou. Mais, comme souvent chez elle, la colère passe aussi vite qu'elle était arrivée.

Et si tout cela n'était qu'un long songe ? Apollinaire va frapper à la porte et, de sa voix tonitruante, saluer l'assemblée qui n'attend que lui. En jetant son chapeau sur un porte-manteau, petit menteur, il excusera Marie, trop fatiguée pour l'accompagner. On jouera de la musique, mal ou bien, mais fort, on médira des absents, on chantera quelques chansons et on déclamera des poèmes dans toutes les langues du monde, de préférence en français, en italien et en russe. On s'enlacera aussi, à mesure que les verres se videront. Les étoffes se frôleront dans un sensuel ballet. On s'engueulera tout autant, pour des balivernes, comme si la vie en dépendait. On se bagarrera, rarement. Et surtout, on rira de ce monde absurde qui n'avait pas encore décidé s'il se détruirait ou s'il survivrait. Son épaisse chevelure rousse fera tourner les têtes. Ses longues robes dessinées par Paul Poiret laisseront deviner ses hanches épaisses et sa lourde poitrine blanche. Elle passera d'un groupe de convives à un autre, attisant le désir pour mieux s'en éloigner. Elle sentira les regards sur sa nuque découverte par ses cheveux relevés. Elle choisira peut-être l'un d'entre eux pour l'exultation du corps tard dans la nuit, sans jamais céder un pouce de son âme.

Les yeux fermés, elle divague, tangue, tout juste retenue dans sa chute par la poignée de la porte d'entrée qu'elle tient fermement. Qu'il est doux mais douloureux de replonger dans les volutes passées !

De l'extérieur remonte le bruit des rares voitures qui s'engagent en pleine journée dans le boulevard Raspail. Elle ouvre les yeux.

On a choisi de détruire le monde.

Emportés la voix d'Apollinaire, le bras de Cendrars et l'amitié de Picasso. La guerre a tout balayé. Le salon est vide. Et les pièces suivantes en enfilade. Et l'atelier où elle aimait tant faire l'amour. Elle prend une grande inspiration. Elle vit l'un de ces très rares moments d'une existence où l'on a la conscience aiguë de vivre. Habituellement, ils ne prennent leur sens que longtemps après coup, quand le cerveau fait le chemin à l'envers. On se dit alors qu'un hasard ou une préférence anodine avait finalement décidé d'une de ces bifurcations qui font de la vie cet imprévisible dédale. Mais, en quittant l'appartement du 229, boulevard Raspail, au cœur d'un chaud après-midi de septembre 1935, la baronne d'Oettingen sait qu'elle entre dans le long crépuscule de sa folle vie.

Les loups de Krasnystaw

Les instants précis s'effacent inexorablement. De l'enfance, ne restent que des émotions, la caresse ou le coup, la tendresse ou la peur, l'horizon apaisé ou l'instable présent.

Est-ce en raison des forêts denses de chênes et de sapins ou du malheur d'être née sans père ? C'est comme si une ombre immense et inquiétante s'abattait sur ses premières années aux marges orientales de la Pologne, là où les gens parlaient et vivaient russes.

Hélène est encore Elena Miontchinska et, dans cette immense propriété de Krasnystaw, les loups hurlent, les carpes sautent dans l'étang aux reflets rouges, et la peau flasque de son horrible grand-mère s'offre sans cesse aux baisers de la petite fille.

Elle vit dans un conte qui effraierait les enfants sages. Ses pas font grincer les parquets anciens et le craquement du bois dans la cheminée résonne dans ces pièces aux si hauts plafonds. Elle doit avoir six ans, l'âge des premiers souvenirs, quand sa mère, qui est comtesse, s'absente de plus en plus souvent. On chuchote. « Franchement, laisser une si jeune fille qui a déjà perdu son père… »

Car la nuit, souvent, la mère file. Elle s'arrange pour être là quand son enfant se réveille. Parfois, elle revient trop tard. Puis ce sont des journées entières. Des semaines, parfois. Elena navigue telle une âme en peine, au milieu de ses cousins et d'innombrables adultes, famille ou tuteurs, qui ne s'occupent guère d'elle. Pour la faire enrager, les plus méchants la surnomment « l'orpheline ». La nuit, elle pleure. Mais dans la journée, jamais.

Dans le silence de l'annexe du château où elle est cantonnée, à l'aube de l'adolescence, elle se persuade que sa mère court retrouver son amant, là-bas à Vienne, dans le parc de Schönbrunn. Le soir, dans la solitude de sa chambre, elle imagine, le cœur battant, cet amant s'éloignant du froid silence de sa sublime épouse pour se jeter dans les robes de sa mère encore étourdie par le long voyage. Le temps des amants est précieux, il se compte en secondes volées sur la résignation. Alors, il ne la laissera pas se reposer et la couvrira de baisers. Elena est trop jeune et encore ignorante des choses de l'amour pour en imaginer plus. Mais quand enfin elle s'endort, c'est avec l'absolue certitude qu'elle est la fille de l'empereur François-Joseph et de personne d'autre. La souffrance de grandir sans père ne trouve souvent de consolation que dans l'imagination fertile des orphelins. Elena garde précieusement ce secret et n'en dit jamais mot à sa mère qui revient la mine triste de ses mystérieux périples. Il ne faut surtout pas risquer qu'elle vienne briser ce rêve de père impérial. C'est ainsi qu'Elena apprend qu'elle peut inventer sa vie.

Encore faut-il de la matière.

Alors qu'elle entre dans une furieuse adolescence, Xavier, un frère de sa mère, obèse et rose, débarque un jour au château. Son souffle bruyant et court, la peau de son visage constellée de pustules, son cou enseveli dans un épais collier de chair, et poussé dans une chaise par un laquais brun qu'on croirait sorti du Moyen Âge, telle est la première image qu'Elena, pleine de dégoût, perçoit de son aïeul. Parce qu'il hait sa sœur qui a si souvent abandonné la jeune fille, le vieil oncle se rapproche d'Elena.

Le dégoût ne résiste pas à l'intérêt que lui porte cet homme dont la culture et la curiosité transparaissent, comme c'est souvent le cas, dans un regard éclatant. Ces deux petites billes claires sur une boule de graisse embarquent Elena dans un long voyage initiatique. Les malles de livres qui arrivent quelques jours après lui sont de ces trésors qui changent une existence. Ils trouvent leur place dans d'immenses bibliothèques de chêne clair. Mais Xavier n'ayant ni le désir ni la patience d'un pygmalion, il se contente de lui lâcher : « Lis ce que tu veux. » Les Russes, en particulier, attirent l'adolescente, et Pouchkine plus que tout autre. Elena adore *La Fille du capitaine*, tombant immédiatement amoureuse de Piotr Andréievitch Griniov, le jeune, fidèle et courageux officier qui viendrait un jour l'enlever à cheval. Bientôt viennent les auteurs français – Flaubert, Maupassant surtout –, qui allument en elle la fièvre des amours contrariées. Elle pleure en refermant *Notre cœur,* où elle entrevoit l'hypothèse d'un destin.

Outre les livres, le vieil oncle offre à Elena de la tendresse et des lieux qui commencent à peupler ses nuits : Venise et Paris. Elle fuira dans ces villes dont la simple évocation lui fait battre le cœur. Face au miroir de la salle de bains, elle répète jusqu'à l'étourdissement « Paris », pour le jour où elle y sera. Puis, un jour, elle décide : « Je suis née à Venise. » Elle rit même de cette audace : « Je suis née à Venise ! » Il lui suffit de former une phrase dans sa tête pour qu'elle devienne réalité. Que la vie est grande pour ceux qui savent s'en inventer plusieurs.

Pour d'obscures querelles familiales auxquelles Elena ne comprendra jamais rien, la mère et la fille doivent un beau jour quitter Krasnystaw. Personne ne les embrasse, sinon Xavier qui se cache pour masquer ses larmes. Seul l'abandon de son petit chat fait de la peine à Elena.

Elle a seize ans et la ville l'attire comme un aimant. Kiev n'est certes ni Venise ni Paris, mais les immeubles beiges richement ornés, les maisons de briques colorées, les artères pavées, les hautes collines, l'incroyable tramway électrique, les bateaux à vapeur qui voguent sur le Dniepr, le jardin impérial, la somptueuse église Sainte-Sophie, c'est déjà ça. Tout cette vie urbaine et intense, bien que provinciale, impressionne l'adolescente.

La mère et la fille s'installent sur les hauteurs de la ville dans le quartier Lipki qui offre un panorama époustouflant. Tout en bas, sur les rives du Dniepr, se trouve le Podol où vivent surtout des Juifs dont les tenues sombres effraient Elena. Ils ne sont encore à l'abri des pogroms que pour quelques années.

Pour Elena, l'obscurité dense et moite du château de Krasnystaw appartient au passé, même s'il est évident qu'elle devrait encore y passer quelques étés.

La trépidation de la vie urbaine compense le fait de vivre seule avec cette mère vieillissante et triste qui ne sort plus de la maison. Son amant l'a-t-elle abandonnée ? se demande Elena. C'est désormais à elle de découvrir l'amour, se dit-elle. Chacun son tour ! De l'une de ces calèches qui passent sans cesse sortira Griniov, il l'enlèvera sans attendre l'autorisation de sa mère, et une fois au loin demandera sa main qu'on ne pourra plus lui refuser. Avec son bel amant, elle sillonnera l'Europe, vivra de ses baisers comme d'autres du travail, tremblera quand il partira à la guerre, et se pâmera quand il en reviendra, couvert de gloire. Mais sa plus grande gloire sera le baiser qu'elle lui accordera, folle d'amour.

Se doute-t-elle de quelque chose ? Sa mère l'enferme à double tour dans la vaste demeure que les deux femmes occupent avec leur suite, notamment Mme Prévost, une gouvernante française raide et stricte comme il en existe alors dans chaque famille aristocrate russe.

– Maman ! On n'enferme pas son enfant ! Maman ! hurle Elena, sans susciter la moindre explication de la part de sa mère. Je m'en irai, je le jure, je m'en irai…

– Ne jure pas, Elena, reçoit-elle pour seule réponse, d'une voix fatiguée.

Douze fenêtres s'ouvrent sur la rue. Depuis la vaste terrasse, Elena aime regarder les jeunes gens de son âge s'amuser. Elle s'imagine au milieu d'eux, des garçons lui courant après, juste pour le plaisir de voir les cheveux des filles s'envoler. Un feu se consume en elle. Tant de fois, elle supplie sa mère de l'envoyer au collège, mais en réponse une armée de maîtres paraît, convoquée pour lui donner chaque jour des leçons particulières. Quand la comtesse surprend sa fille à la fenêtre, elle lui lance sèchement :

– Je t'interdis de les côtoyer. Ces jeunes gens ne sont pas de ta classe. Ce sont des dévergondés. Retourne à tes livres, Elena.

La jeune fille n'a d'autre choix que d'obéir, mais lorsque dans l'obscurité d'une fin d'après-midi d'hiver, elle discerne sous le halo d'un lampadaire deux étoffes emmêlées, elle croit que son cœur s'apprête à exploser.

Le garçon tient le visage de la fille à deux mains et l'embrasse à pleine bouche. Est-ce ainsi que l'on fait ? se demande Elena qui s'est à ce point rapprochée de la fenêtre que son souffle profond dessine un rond de buée sur le carreau. Le baiser aurait pu durer mille ans qu'elle n'aurait pas bougé. Elle serait morte ainsi, pétrifiée par le désir qu'avait fait naître en elle ce couple de collégiens. Le soir, elle pose ses mains sur son visage, comme elle a vu faire le garçon, se caresse les pommettes qu'elle a saillantes et descend vers sa mâchoire et sa bouche qu'elle ouvre légèrement pour accueillir des lèvres douces et pulpeuses qui n'existent que dans son imagination.

Les jours suivants, Elena reste alitée. Le feu l'a rendue malade. Le docteur qu'on fait venir en toute hâte hausse les épaules et fait la mimique que font ceux qui tentent de masquer leur ignorance derrière un long silence pénétré. Évidemment que ce grand échalas blanc comme un linge et sec comme une trique ne peut rien savoir de la souffrance physique que provoque le désir contrarié !

Cela devient une idée fixe, presque une obsession. Qu'un jeune homme prenne ainsi son visage entre ses mains. Cette seule pensée lui tord le ventre. Les mois qui passent n'altèrent pas la vision de cet après-midi d'hiver et les rêves d'aventures d'Elena.

La découverte de l'amour

L'été arrive, et le long de la route en terre battue les peupliers annoncent fièrement le retour à Krasnystaw.

Sans rien y connaître elle-même, Elena regarde désormais ses cousins comme des ignorants des choses de l'amour. Elle a tout vu par le carreau d'une fenêtre, elle sait ce qu'il faut faire pour se laisser embrasser et sent le bien que cela procure.

Cet été de ses dix-sept ans, elle passe ses journées seule, allongée au soleil sur une chaise longue, ses pieds frôlant l'herbe fraîche, à s'imaginer adulte, enlacée, avec un prénom sur ses lèvres. Quand l'ennui lui pèse trop, elle file dans la bibliothèque de son vieil oncle pour emprunter un roman ou bien fouille les recoins du château avec le fol espoir d'y découvrir le secret de ses origines. Elle n'y trouve rien d'autre qu'une armoire en acajou remplie de fourrures. Assurée de ne pas être dérangée, la jeune fille se met nue pour se rouler dans un manteau d'hermine blanc comme la neige. Le contact de la peau, l'animalité qui exsude soudain d'elle, la naissance de sa féminité, tout lui plaît. Elle se rêve ourse dans les pelisses, léopard à l'affût, ou sphinx immobile.

Ce bestiaire extravagant la projette dans un onirisme érotique qui la trouble profondément. Comme étourdie par les poils qui la transforment au gré de son désir, Elena s'endort et n'est réveillée des heures plus tard que par un rai de lumière qui frappe son cou. De cette étrange expérience, elle ne saura longtemps que faire. Il lui faudra sentir à nouveau, bien des années plus tard, une fourrure sur sa peau nue pour qu'elle prenne conscience que ce moment était l'un de ceux qui façonnent une existence.

Elena est alors un beau parti. Les grandes familles de Kiev rêvent de la marier à leur rejeton. Et comme sa beauté surpasse même son rang, les jeunes gens, pour une fois, s'accordent aux désirs de leurs mères. Ils passent et repassent, le cou et les yeux levés vers le balcon où la jeune fille passe le plus clair de son temps, allongée sur une chaise longue, un livre à la main. Elle s'amuse de cet incessant défilé de prétendants qui flatte son amour-propre mais laisse son cœur insensible. Elle se contente de répondre aux sourires de ceux, rares, qu'elle trouve à son goût et qu'elle accepte d'accompagner pour une promenade sans lendemain. Sans aucun doute, le temps joue pour elle. Il viendra bientôt, celui qui prendra son visage entre ses mains et déposera, pour l'éternité, ses lèvres sur les siennes. À dix-sept ans, c'est à ce genre de choses que l'on croit encore. À l'éternité d'une émotion.

Le baron

C'est lui. Ce ne peut qu'être lui. Il est là, comme posé par miracle par quelque main providentielle. Une apparition. Le baron. Il passe sous ses fenêtres dans sa voiture à l'élégance princière. Il se présente et Elena sait qu'il est celui qu'elle attend.

Otto von Oettingen, un nom de héros de roman, de ceux qui embarquent le lecteur et sa maîtresse, bientôt sa femme, dans de folles aventures aux confins des mondes connus et des sentiments avouables. De ceux aussi qui arrachent sa promise des mains d'une mère qui n'approuve pas l'union. La comtesse n'aime pas le baron. Certes, à trente ans, il est bel homme. Ses moustaches fournies, sa dense chevelure d'un roux ardent, son regard bleu ciel et sa haute taille en imposent. Mais la mère asséchée par les ans ne voit en lui qu'un petit aristocrate d'une lignée dont l'anoblissement n'a été accordé qu'à la fin du XVIIe siècle par le roi de Suède, autrement dit de fraîche date, et qui plus est par le truchement d'un souverain de second ordre.

– Tu ne te lieras pas à un homme subalterne, éclate

un jour la mère en voyant que sa fille s'apprête comme si elle rencontrait l'empereur de Chine.

– J'irai le voir ! hurle Elena en chaussant ses plus jolies bottines et une des innombrables robes achetées *Au Chic parisien,* sur la rue Khreshchatyk qui débouche sur le Dniepr.

Et puis, non, elle ne mettra pas de robe. Ni de dessous. Elle n'en fait qu'à sa tête.

Bien des années plus tard, quand le baron ne serait plus qu'une photo sur une table basse, Elena se rendrait compte qu'elle n'avait agi que pour prouver son don de précognition. Puis, quelques années de plus, elle s'avouerait qu'elle avait trouvé un moyen de s'opposer à sa mère et de fuir cette vie provinciale qui l'étouffait. Enfin, à la fin de sa vie, elle trouverait le véritable sens de tout cela, du baron, des hurlements, du départ en catimini en pleine nuit, dans un épais manteau noir de sa mère, doublé de zibeline. La fourrure soyeuse glisse sur son corset enserrant sa poitrine qu'elle brûle d'offrir au regard bleu clair du baron. Une fois qu'il l'aura vue nue, à moins d'un immense scandale, le mariage aura lieu. Elena sait que sa mère cédera. La pauvre n'a pas les moyens de ses ambitions.

En pénétrant dans le quartier militaire de Kiev, Elena serre le manteau contre sa peau nue. Le vent glacial cingle son visage et la zibeline ne la protège guère. Enfin, le manteau glisse le long de son corps. Le baron n'en revient pas. La peau d'Elena est si laiteuse que le soleil pourrait la brûler. Le contraste avec sa chevelure rousse qui lui tombe sur les épaules est saisissant. Sa poitrine est lourde pour un corps si fin, si allongé, si jeune. Et s'il pouvait la toucher, le baron mesurerait à quel point la peau d'Elena est douce. Figée, le manteau à ses pieds comme un animal endormi, la jeune fille ne tremble pas, ni de peur ni de froid. Elle fixe le baron de ses yeux dont le vert vif et profond rappelle celui des olives que l'on sert déjà dans les bars italiens. Elle défie son amant. Et déjà, elle l'aime. Et il l'aime aussi.

Libre

Comme prévu, la mère ne peut rien. Quelques mois plus tard, le mariage est organisé dans la cathédrale Saint-Jean de Varsovie. C'est l'un de ces événements mondains ou semi-mondains que la noblesse vieillissante de cette fin de siècle adore car elle lui donne l'impression d'être toujours au centre d'un monde pourtant en voie de disparition.

Les badauds qui attendent sur le parvis n'en croient pas leurs yeux. Quand les lourdes portes de bois sculpté se rouvrent, ils voient du satin, de l'organza blanc, un corsage décolleté au carré boutonné par des perles de culture, une jupe bordée de plis plats et de dentelle achetée auprès de marchands parisiens. Un tel luxe n'est pas si fréquent, même à Varsovie. Mais ce qui surprend la foule de curieux est ailleurs. La jeune mariée est seule. L'homme qui doit être à ses côtés marche une dizaine de mètres derrière elle, manifestement troublé par la tournure que prennent les événements. La femme qu'il vient d'épouser lui échappe déjà. Elena est libre.

Il y a des cris et des larmes dans la nuit qui suit. Malgré son profond désir, le baron est encore submergé par l'humiliation de la sortie de l'église.

– Pour qui te prends-tu ? Ce n'est pas un sacre, ma chère !

Elena est allongée, elle n'a toujours pas enlevé sa robe de mariée. Les mots de son époux ne la sortent pas de son état cotonneux. Elle le regarde cependant. Et tente quelques mots, faiblement articulés :

– Mais de quoi parlez-vous ? Venez vous coucher à mes côtés. Je tombe de sommeil…

Excédé, le baron se met à hurler :

– Madame tombe de sommeil ! Celle que j'ai faite baronne tombe de sommeil…

Prostrée dans un coin de la grande chambre, Elena prend conscience que les hurlements de son nouvel époux glissent sur elle comme la soie sur la peau. La pièce s'emplit d'un silence épais.

La solitude du château de son enfance et ses rêves incessants ont, à la longue, formé une carapace qui la protège des souffrances du réel. Elle regarde le baron à la fierté blessée et découvre la force physique que les hommes peinent à contenir. Ils peuvent être dangereux. « Je devrais m'en méfier », songe-t-elle. Mais c'est comme assister à un spectacle, qui ne la concerne pas tout à fait, ou alors, indirectement, comme lorsque l'on est ému au théâtre.

Elle ne se le formulera que bien plus tard, mais elle y

prend du plaisir. Le même que celui qui l'a saisi lorsqu'elle a imposé son mariage à sa mère, ou lorsqu'elle a fait glisser le manteau noir doublé de zibeline le long de son corps dans la glaciale caserne. En sortant seule de l'église, d'un geste, elle a changé le cours de son existence. Elle l'avait décidé. Le plaisir de se sentir partie prenante du monde des vivants, du monde réel, qu'elle éprouvera sans cesse au cours de sa longue vie, passera par ces gestes décisifs qui changent le cours des choses. Bientôt viendra le temps des tourments destructeurs. Mais à son jeune âge, Elena n'a pas encore la conscience aiguë du délice que lui procurera la contemplation des champs de ruines. La vie est devant elle, et, déjà, elle oublie le baron qui, les larmes aux yeux, claque la porte de la chambre nuptiale.

Il faut se rendre à l'évidence : ce mariage ne mène à rien. Aux sanglots des débuts succèdent des agacements puis des silences.

Moins d'un an plus tard, le divorce est prononcé. Libérée de la tutelle maternelle, la baronne d'Oettingen – à laquelle son ex-mari, grand seigneur, avait permis de conserver son titre et son nom – ouvre grandes les portes de son rêve d'enfant imprimé sur tant de pages de tant de romans qu'elle lisait sans comprendre dans la bibliothèque du vieil oncle à Krasnystaw : Paris ! La vie est à Paris ! ne cesse-t-elle de clamer, sans trop savoir ce qu'il s'y passe vraiment. Mais si les artistes abandonnent tout pour s'y installer, c'est qu'ils doivent avoir de bonnes raisons.

Comme il n'est pas raisonnable de partir seule en Europe, sa famille lui impose quelqu'un qui veillera sur elle : ce sera un lointain cousin moscovite, Serge Jastrebzoff, qui s'ennuie à l'université et qui rêve d'une carrière d'artiste à Paris. Pour faciliter les choses, ils conviennent de se présenter comme frère et sœur.

En 1899, les deux jeunes gens prennent le train, d'abord pour l'Italie, où tout jeune peintre se doit d'aller pour former son regard.

Elena et Serge

À la suite d'une remarque, vers 1830, faite par un ingénieur américain selon laquelle Napoléon aurait envahi la Russie s'il avait possédé le chemin de fer, le tsar Nicolas Ier avait pris la décision d'opter pour un écartement des rails plus large qu'en Europe occidentale. Depuis lors, le voyage en train était interminable.

Elena n'ose pas parler à cet inconnu qu'on lui met dans les pattes. Faudra-t-il toujours un homme à ses côtés ? Elle n'est plus une enfant ! Installé en face d'elle dans le luxueux compartiment, Serge masque sa timidité en griffonnant sans arrêt quelques croquis sur un carnet. Elena l'observe. Et se met à rire de bon cœur… Le train n'a pas encore dépassé Budapest que la glace est rompue.

– Pourquoi riez-vous ?

– Non, c'est idiot…

– Si, si, dites-moi, peut-être pourrais-je moi aussi en rire et rompre la monotonie de ce voyage dont seule la destination…

– Oui, oui, d'accord, mais s'il vous plaît, parlons-nous naturellement ! Nous sommes frère et sœur, non ? C'est d'ailleurs ce qui m'a fait rire à l'instant !

– Que nous soyons frère et sœur ? Qu'y a-t-il de si drôle à cela ?

– Vous ne voyez pas ? Regardez-vous, regardez-moi ! Je mesure une tête de plus que vous, et je suis rousse, qui plus est !

– Ah ! c'est vrai ! Et c'est drôle ! Vous préféreriez que nous nous présentions comme de lointains cousins ? Ce serait du reste plus sincère…

– Mais non voyons ! Vous êtes mon frère ! Nous les Russes, nous sommes tous des frères et ces Parisiens nous adoreront nous deux, la sœur et le frère qui ne se ressemblent pas. Nous serons mystérieux. Je suis sûre qu'ils aiment les mystères à Paris. Nous allons leur en donner…

– Ainsi soit-il ! Mais, chère sœur, vous n'avez pas oublié que nous passons d'abord par l'Italie…

– Bien sûr, mon cher frère. Je ne suis ni sotte ni amnésique, vous l'apprendrez. Ces quelques mois sous le soleil de Florence et de Venise, où je suis née, aideront à donner un peu plus de lumière à vos petits croquis…

À ces mots, Serge rougit et referme son petit carnet. Cette Elena a du caractère. Il sait dès cet instant qu'il ne sera pas le protecteur que leur famille avait imaginé.

Une apparition

– Umberto ! Qui est-elle ? Qui est cette femme à qui tu parlais ? C'est important, dis-le-moi…

Ces mots sont sortis comme dans une inspiration.

– Ardengo, que t'arrive-t-il ? J'ai l'impression que tu as vu un monstre ou un ange ! J'ai parlé à des dizaines de femmes, tu me connais, mon ami. À laquelle fais-tu allusion ? Attends, laisse-moi deviner… La brune ardente qui riait fort et qui a posé nue pour moi à l'Académie… Un corps à se damner. Son nom est… est…

– Ce n'est pas elle. Je te parle de Chloris, devenue Flora en majesté chez Botticelli, cette femme rousse qui tenait un lis rouge à la main… Je l'ai déjà vue, je crois, ce matin près de l'Académie… Je la cherche depuis comme un fou, c'est elle, je la cherche depuis mille ans, elle m'attend depuis tout ce temps, celle que je peins sans le savoir, c'est elle, Umberto, c'est elle, ce ne peut être qu'elle…

Umberto Brunelleschi sourit à l'évocation fantasmée de cette femme qui n'est pas à son goût, trop slave et trop mystérieuse. Mais connaissant celui de son ami ainsi que son caractère romantique et absolu, cette soudaine obsession ne l'étonne pas le moins du monde. Brunelleschi voit parfaitement la femme dont lui parle son ami Ardengo Soffici.

– Ah, elle ! Une Russe, je pense, qui parlait l'italien en roulant les *r*, une comtesse ou quelque chose comme ça, une richarde, à coup sûr, j'ai remarqué la soie violette et véritable brodée sur son manteau gris. Le genre qui vient, comme on va au zoo, voir comment vivent les artistes maudits, nous ! Ardengo, nous sommes des artistes maudits, sans le sou, il faut t'y faire, mon vieux… Mais on dirait que tu as vu la Vierge… À une nuance près, vierge, elle ne l'est plus, tu peux en être certain…

Brunelleschi claque des doigts devant le visage rêveur de son ami. Ardengo revient à lui. Il marmonne en détachant doucement les syllabes :

– Une comtesse russe… une comtesse russe…

Elle ne l'a pas remarqué. Pourtant, il plaît aux femmes. Ses longs cils offrent à son regard une incroyable profondeur que souligne le sombre mystère de ses cheveux et de sa peau. Les femmes lui résistent peu. Elles aiment sa haute taille, la finesse de ses traits et de ses doigts.

Il a d'abord vu son reflet dans les grands miroirs qu'abrite l'immense verrière du café Gambrinus où la jeunesse florentine aime se retrouver. Par un subtil jeu de lumières, son visage s'est mêlé à celui des fleurs exotiques que les habitués des lieux ne remarquaient même plus. Lui-même les avait oubliées avant qu'elles ne réapparaissent ornant et colorant le visage si pur d'Elena. Il lui faut un temps assez long pour s'assurer qu'il ne rêve pas, que cette femme est bien réelle, que son reflet ne disparaîtra pas une fois le soleil couché. Mais à peine a-t-il, grâce à Umberto Bruneschelli, l'absolue certitude de son existence que le groupe de voyageurs auquel elle appartient reprend sa marche vers d'autres trésors florentins. Cette apparition plonge Ardengo dans ce spleen profond et idéal que les artistes d'alors chérissent plus que tout.

Ardengo Soffici ne s'est pas trompé. Celle qu'il avait appelée de longs mois la comtesse et qu'il avait, en vain, espérée à chaque instant dans les ruelles de Florence était en effet la femme de sa vie. Pour preuve, une lettre écrite de sa main, un demi-siècle plus tard, depuis Poggio a Caiano, non loin de Florence : « Je ne vous ai jamais oubliée… Je n'ai *rien* oublié. Il y a tout au bout de votre lettre ce *bau bau* qui m'a donné bien de la joie : il me prouve que malgré tout vous avez aussi un peu la religion du souvenir. Tout donc n'a pas été vain. Vous vous souvenez que nous étions de ceux qui savent flairer les roses. »

En ce début de siècle, Florence attire comme un aimant artistes et intellectuels. L'entrée dans l'excitante modernité, l'électricité, les moteurs, bientôt partout le béton, sans même parler de l'art, exigent une halte reposante dans les marbres, les églises, les sculptures et les tableaux de la Renaissance. Elena est attirée par ce monde sous cloche qu'elle visite avec avidité.

Mais ce qui la fascine, ce n'est pas seulement la beauté des lieux – elle adore en particulier le Duomo –, mais plutôt l'expression d'un passé qui n'existe plus que dans le regard du présent. Sa simple présence témoigne à elle seule de la réalité du lieu. Elle repense à ces mots de Tolstoï : « Les objets ne sont pas des objets mais des images qui n'existent que quand nous faisons attention à elles et qui disparaissent dès que nous cessons d'y penser. Il n'existe donc, non des objets, mais notre rapport avec eux. » C'est donc aussi le cas des vivants, songe Elena.

Des gens ont vécu ici. Ils ont aimé, peint et pleuré. Cette pensée donne le vertige à Elena. Sans les visiteurs du présent, ces gens auraient été oubliés. Combien l'ont été ? Combien d'existences à jamais englouties sous le poids du présent ? Combien de sédiments de vies humaines ? Combien d'oubliés pour quelques noms, quelques corps, quelques formes humaines à Pompéi ? Bouleversée, Elena songe au château de son enfance, à ses cousins, à son oncle, à sa mère. Eux aussi seront oubliés. Le domaine tombera un jour dans l'oubli. Personne n'écrira jamais la moindre ligne sur les gens qui l'ont habité, ni sur le souffle du vent dans les arbres ou sur le bois du parquet qui craquait la nuit. Un jour, la végétation prendra le pouvoir, et personne ne le saura. Le monde s'oublie sans cesse, malgré les efforts des vivants pour ne pas mourir.

Lorsque, le 6 novembre 1900, attiré par l'Exposition universelle de Paris, Ardengo Soffici s'embarque sans le sou avec ses amis Umberto Brunelleschi et Giovanni Costetti dans un wagon de troisième classe à la gare de Florence, il ignore qu'il va retrouver sa belle inconnue.

Paris, revoir Soffici

À Paris, Elena se fait appeler Hélène. Elle aime beaucoup le H qui fait d'elle une vraie Parisienne. Se promener sur les grands boulevards lui donne l'impression d'être à la place qui est la sienne. Le vent parisien lui est doux, il caresse ses cheveux, s'engouffre dans les plis de ses robes. C'était une bonne idée d'arriver au printemps. « C'est un bon présage », avait-elle dit à Serge en découvrant les arbres en fleur sur le parvis de la gare de l'Est. « L'air est bon, ici, Serge. »

Dans la salle du fond de la galerie Georges Petit, rue de Sèze dans le huitième arrondissement de Paris, Hélène s'extasie devant un paysage urbain et coloré d'Albert Lechat. La baronne parle trop fort, mais son enthousiasme, ses *r* roulés et sa toque de fourrure violette pardonnent cette excentrique accompagnée d'un harem masculin :

– Jakov, un médecin à l'allure sévère et au teint d'une blancheur suspecte, manifestement amoureux de la baronne qu'il ne lâche pas d'une semelle. À chacune de ses remarques vaguement drôles, elle affiche un sourire pincé, presque une grimace (quelques années plus tard, il présenterait Snégaroff à la baronne) ;

– Valkovski et Chefftel, deux Juifs russes qui regardent d'un œil distrait les toiles exposées. Le premier ne songe qu'à s'assurer du bon fonctionnement de la Mercedes que la baronne vient d'acquérir, et le second cherche tant bien que mal à masquer les sons que son gros ventre affamé délivre malgré lui. La baronne connaît encore peu de monde à Paris et déteste sortir seule. Ces messieurs font parfaitement l'affaire ;

– Enfin Serge, qui couve Hélène de son regard protecteur. Il jette un œil expert et critique aux œuvres de Lechat. C'est avec lui que la baronne parle le plus, et d'art en particulier. Il est petit, sombre et discret mais son œil pétille et il est évident pour quiconque comprend le russe qu'il s'y connaît en peinture. Son avis compte beaucoup pour la baronne qui espère son assentiment à chacun de ses jugements tranchés. « Serge est mon frère, mon ami, mon double ! » s'écrie sans cesse la baronne, appuyant ses propos de clins d'œil qui rappellent à Serge les rires du voyage en train depuis la Russie.

Malgré la foule, Ardengo Soffici reconnaît immédiatement la silhouette de celle qu'il a croisée l'espace d'un instant trois ans plus tôt. La baronne s'approche, le fauve fond sur sa proie. L'Italien esquisse un mouvement de recul, mais la foule l'empêche de fuir. Il a honte de sa dégaine, de son vieil imperméable hors d'âge et de son costume usé par les nuits passées allongé à même le sol de son atelier de la Ruche où les artistes sans le sou travaillent et survivent. La baronne le jauge comme l'aurait fait un maître devant un esclave à bon prix. Elle murmure dans une langue mystérieuse mêlant l'italien et le français :

– Pas *male*, pas *male*…

Elle rit maintenant :

– *Non sembri* idiot, vous n'avez pas l'air idiot…

Soffici ne sait pas s'il doit la remercier, si c'est un compliment. Alors il reste silencieux. Sa peau sombre, ses yeux en amande d'un brun profond, rendus romantiques par d'immenses cils, ses cheveux noirs, son nez fin et long ainsi que sa bouche parfaitement dessinée plaisent instantanément à la baronne. Mais ce sont surtout ses mains, des mains de peintre aux veines apparentes, aux ongles courts et tachetés par les couleurs d'une palette, qu'elle a d'abord remarquées. Quand, des semaines plus tard, en les caressant, elle lui en parlera sous les draps de lin clair, il croira qu'elle divaguait, tant dans son souvenir la galerie était sombre. Hélène, faussement fâchée, prendra les doigts du peintre dans sa bouche et les lèchera les uns après les autres, consciencieusement, pour éteindre ses doutes.

Elle griffonne son adresse sur un petit papier et le glisse dans la main de Brunelleschi. Il y est écrit : « Venez au 20 de la rue Bréa, avec votre ami italien. L'après-midi. »

En rentrant dans l'appartement de la rue Bréa où elle loge avec Serge, non loin de la Rotonde, penchée sur son bureau, pour la première fois, plongée dans la nostalgie que provoquent parfois l'alcool, le jour qui tombe ou un air de piano, la baronne liste toutes les choses qu'elle ne pourra plus jamais découvrir.

- *Une toile d'Albert Lechat.*
- *Le premier regard d'Ardengo sur mes lèvres et sur mes yeux.*
- *Les premiers mots que je lui dis et ce qu'ils provoquent en lui.*
- *La promesse de le revoir.*
- *Ne plus être sûre de ses traits, même en fermant les yeux, même en essayant très fort.*
- *Rentrer à la maison en espérant le revoir.*
- *Parler de lui au futur.*
- *Se dire que c'est l'amour, alors que ce n'est qu'un amour.*

En relevant sa plume, la baronne s'imagine qu'elle écrira bientôt :

- *Le voir me voir nue.*

L'amant italien

Le lendemain, ne sachant que faire de ses longs bras, Soffici attend dans le vestibule de la rue Bréa. Brunelleschi, bon camarade, l'a accompagné. D'une voix étouffée venue du fond de l'appartement, ils entendent :

– Vous êtes venus, c'est formidable. Je veux maintenant que vous fermiez les yeux. Je vais arriver, mais surtout, ne les rouvrez pas.

Les deux hommes échangent un regard surpris, puis s'exécutent mi-amusés, mi-intrigués. Les pas de la baronne font grincer les lattes du parquet. Des pas de pieds nus, ce qui est déjà étrange.

– Gardez-les fermés, ne trichez pas.

Il faut imaginer la scène. Deux jeunes hommes, leur manteau sur le dos, les yeux clos dans l'entrée de l'appartement d'une quasi-inconnue. Et une femme qui, sur la pointe des pieds, le sourire aux lèvres, leur donne des ordres en avançant vers eux.

– Dans un instant, vous allez ouvrir les yeux et me regarder. Vous n'allez pas détourner le regard. Et vous allez garder le silence… Maintenant !

Ils n'en reviennent pas. L'ordre est inutile, aucun des deux n'a ni l'envie ni la force de regarder ailleurs. La baronne est devant eux, debout, à quelques pas, presque à portée de main. Ses cheveux sont relevés et ses jambes légèrement croisées si bien que son sexe est plus ou moins caché. La crue nudité n'ayant en soi rien d'excitant, les deux hommes demeurent dans un état d'inertie qui paraît plus proche du choc que de l'attirance. Hélène les ramène à la vie en claquant des mains :

– Le spectacle est terminé. Filez !

Les deux comparses n'ont qu'un mouvement à faire pour sortir de l'appartement. Chacun plongé dans la perplexité de l'instant qu'ils viennent de vivre, ils n'échangent pas un mot dans l'escalier qui les conduit dans la rue.

– Ardengo ! Ardengo !

Il lève la tête. La baronne, qui a heureusement enfilé une robe de chambre, crie depuis la fenêtre de son appartement.

– Mon cher, venez demain à la même heure. Mais cette fois-ci, venez seul.

Brunelleschi esquisse un sourire. Ardengo, lui, est déjà amoureux.

La ruche

Ils font l'amour pour la première fois dans le petit atelier que le peintre a loué pour une misère, au fond d'un jardin que les pluies de la fin de l'hiver ont rendu boueux.

– Mais où m'emmenez-vous donc ? Ce n'est pas un lieu pour une baronne !

– Attrapez mon bras, chère baronne, vous allez tomber. Ce serait dommage que vous soyez pleine de boue.

– Bon, mais n'en profitez pas pour me tripoter... Ou alors, délicatement. Oui, ça, je veux bien.

Devant elle, se trouve une rotonde surmontée d'une flèche. Alfred Boucher l'a fait bâtir pour l'amour des artistes à partir des matériaux récupérés des pavillons de l'Exposition universelle de Paris de 1900. Elle note la présence de quelques ateliers mansardés. Ardengo lui dit que c'est ça, la Ruche. On y parle toutes les langues du monde et partout trônent des chevalets, des blocs de marbre, des statues, des hommes pareils à des mendiants ou à des aristocrates désargentés, et parfois quelque femme nue, ou peu vêtue, passant, en modèle, d'un atelier à l'autre.

Une fois qu'ils sont arrivés dans le petit atelier, et déchaussés pour ne pas rajouter de la boue à la poussière, Ardengo, pour se donner une contenance face à la belle inconnue, n'arrête pas de parler. Il n'a que Rimbaud à la bouche :

– Hier, Isabelle, la sœur du poète, était là, très exactement à votre place ! Vous ne vous en rendez pas compte, je crois. Rimbaud…

Il parle comme pour lui-même, si vite et dans un italien truffé de mots toscans, voire florentins, que la baronne le suit à peine. Mais son enthousiasme est beau à voir. Lui d'ordinaire si réservé s'enflamme :

– Rimbaud, Hélène, il faut lire et aimer Rimbaud…

Il continue en lui prenant la main.

– Très bien, le coupe Hélène, très bien, Rimbaud. Mais embrassez-moi, et faites-moi l'amour comme le font si bien les Italiens. Et, mieux encore, les artistes italiens.

Après l'amour, plus calmement, tandis que la main d'Hélène erre dans ses cheveux, Ardengo poursuit là où il s'était arrêté. Et comme il arrive souvent dans pareille situation, les deux amants se découvrent des passions communes, pour les mots, les poèmes, les voyages, et, bien sûr, la peinture. Hélène se confie, alternant le tutoiement et le vouvoiement :

– Ce serait formidable si je pouvais venir parfois ici, à tes côtés, peindre aussi. J'aime ici. J'aime vous ici, et peut-être ailleurs.

Cet univers bohème d'artistes sans le sou mais animés d'une passion inaltérable emballe tout de suite Hélène. Ces hommes qui placent la création au-dessus de tout, de l'argent, du confort, de leur pays d'origine, de leur famille, elle se reconnaît en eux. N'a-t-elle pas tout quitté pour Paris ? Oui, elle est riche, mais qu'y peut-elle ? Est-ce sa faute si arrivent régulièrement depuis Kiev de fortes sommes ? Paris coûte cher mais les carpes et les brochets de l'étang rouge lui assurent de très confortables et réguliers revenus. C'est le dernier lien qu'elle maintient avec ce monde qui lui paraît de plus en plus lointain, comme un brouillard opaque d'un matin de novembre. Dans la brume épaisse, des hommes pêchent les précieux poissons, les vendent à des grossistes, puis les maîtres des lieux répartissent le fruit de la vente entre les différents membres de la famille. La baronne n'en touche qu'une infime partie, mais l'infime partie d'une fortune suffit pour vivre sans avoir besoin de travailler, y compris à Paris.

Régulièrement, un coursier essoufflé sonne à la porte du nouvel appartement, au 23 de la rue Boissonade où la baronne et Serge viennent de s'installer, porteur d'une somme d'argent, convertie du rouble au franc et, au grand dam d'Hélène, déduite de la commission de la banque des affaires internationales. À peine reçu, l'argent s'envole dans une robe, des livres, des chocolats, de la lingerie fine, des alcools délicats, ou dans un piano. Serge soupire quand il voit Hélène, de retour des Galeries Lafayette ou du Bon Marché, suivie d'un ou plusieurs coursiers les bras chargés de colis.

« Nous sommes dans la dèche », se lamente sur un ton théâtral la baronne dans les bras d'Ardengo qui sait, lui, ce qu'est la véritable pauvreté. Elle la connaîtra bientôt, quand de l'autre côté de l'Europe, la révolution chassera les tsars et avec eux les petits seigneurs, propriétaires des étangs, des carpes et des brochets. Ardengo a connu tout cela. Il est né à Bombone, un hameau non loin de Florence, dans une riche famille d'administrateurs de propriétés foncières qui a tout perdu. Il préfère garder le silence, et glisser sa main entre les cuisses ouvertes d'Hélène.

« Je sens que toute ma vie dépend de savoir si tu m'aimes »

Elle sera artiste. Elle l'a décidé comme elle a décidé qu'elle était née à Venise. Hélène est ainsi, et elle se moquerait de ses rares biographes qui bien après sa mort se demanderont si elle est née à Kiev, à Varsovie ou Dieu sait où. Elle ne cherche pas à brouiller les pistes de ses origines. Elle est tout simplement libre d'être née où elle le souhaite. De porter aussi le nom qu'elle désire. Le titre de noblesse qui lui sied. Les tenues extravagantes qu'elle aime. De séduire les amants dont elle a envie.

Alors, artiste, Hélène le sera aussi.

Serge, qui avait appris la peinture à l'école d'art de Kiev avant d'arriver à Paris, s'inscrit à l'Académie Julian où il suit les cours de William Bouguereau puis, après sa mort en 1905, de Marcel Baschet. Alors, Hélène l'imite et se présente à son tour au 51 de la rue Vivienne. « Ardengo sera fier de moi. Je serai son égale. Nous peindrons bientôt ensemble, dans le petit atelier », se dit-elle en franchissant la lourde porte de l'Académie.

Soffici s'en était rendu compte en la caressant. Sur les coudes, les genoux et le cuir chevelu, d'épaisses plaques rugueuses constellent la peau d'Hélène. Pour éliminer le psoriasis, les plus fortunés séjournent dans des stations thermales dont les eaux riches en sélénium, en arsenic, en bicarbonate de soude ou en sodium de soufre leur offrent un répit momentané. Aussi, à peine Hélène a-t-elle rencontré et commencé à aimer Ardengo qu'elle et Serge s'embarquent pour le sud des Dolomites à Roncegno, une station du Trentin qui se situe alors dans l'Empire austro-hongrois.

Hélène est déchirée. Elle pleure sur le quai de la gare et ne sèche ses larmes que lorsque le train quitte la France. Quelques semaines d'amour, et c'est déjà l'amour fou. Elle écrit plusieurs lettres enflammées avant même d'arriver aux thermes. Ardengo lui manque déjà. La Ruche, Rimbaud, les caresses… Y penser est si douloureux.

La belle saison se termine doucement. Septembre plonge l'hôtel Stella sous un ciel bas et le vide de ses vacanciers. Le grand parc est gris et les feuilles déjà jaunies. La lumière manque pour peindre.

Il y a tout de même un moment cocasse que Serge s'empresse de raconter à Ardengo dans une lettre. Ce jour-là, la pluie s'est arrêtée, et a fait place à un temps lourd. Hélène, installée sur une petite chaise, esquisse un marronnier lorsque apparaît à quelques dizaines de mètres d'elle un cochon suivi d'une femme du cru qui le retient tant bien que mal en criant dans un dialecte incompréhensible. L'animal tire comme un forcené sur la corde, à la grande inquiétude d'Hélène. Elle se raidit. Constatant que le cochon prend le dessus sur sa propriétaire et n'écoutant que son instinct, la baronne fait basculer la chaise et se met à courir, un œil sur le cochon, son croquis à la main. Elle hurle si fort que les cris de la bête et ceux de sa maîtresse en sont étouffés. Il faut imaginer la scène. Tout le monde court à vive allure : la baronne en robe de soie rose, suivie d'un cochon tout noir, on dirait un sanglier, et la pauvre fermière au bout de sa corde. Un instant plus tard, Hélène a disparu, cachée dans un sous-bois humide. Le cochon triomphant reprend tranquillement sa marche sur le chemin, tandis que sa maîtresse crache ses poumons en maugréant quelques insultes tout en saluant Serge qui n'en revient pas. Soudain, les feuilles se mettent à bouger : la baronne refait surface, la robe pleine de terre, des herbes et des fleurs sur le visage et le chapeau, les yeux exorbités, cherchant du regard la bête qui l'a précipitée en contrebas où elle s'est étalée de tout son long. Serge, toujours si distingué et tout en retenue, doit se retenir d'éclater de rire.

À son retour à Paris, débarrassée de son psoriasis, Hélène se précipite chez Ardengo que son tact empêche d'évoquer l'épisode du cochon.

Leur amour va bon train.

– Je veux voyager avec toi, le supplie presque Hélène.

Elle aime la langueur du train, les paysages qui défilent puis se figent en gare. Le spectacle des voyageurs qui se retrouvent ou se séparent la ravit, de même que l'odeur toujours neuve des chambres d'hôtel, des draps frais, de la cire des parquets, les accents de ces gens qu'elle ne reverrait plus jamais, et les pierres qu'elle toucherait avant de les oublier.

– Je veux voyager avec toi, répond doucement Ardengo.

Il rêve de lui faire découvrir l'Italie, ce monde disparu, comme enfoui dans sa mémoire de jeune homme. Il lui parle de Poggio a Caiano, la ville de sa mère, construite par les Médicis, de la girafe qu'avait offerte le sultan mamelouk burjite d'Égypte, Al-Ashraf Qaitbay, à Laurent de Médicis en 1486 dans une tentative de rapprochement diplomatique. La girafe avait péri à la suite d'un accident. Elle se serait brisé le cou en heurtant une poutre, dans une écurie chauffée, spécialement construite pour cet animal qu'aucun habitant de la région n'avait jamais vu avant. L'histoire fascine la baronne qui, tout en l'écoutant, tente sans succès de dessiner la girafe se brisant le cou. Déchirant la feuille, elle lance, résolue :

– Je veux y aller avec toi, *amore mio*.

Hélène continue pourtant à voyager avec Serge, et sans lui. Aix-les-Bains et Roncegno, c'était pour la peau. Nice lui réchauffe le cœur et les reins. La lumière du Sud est belle et la promenade des Anglais interminable.

Elle s'y ennuie ferme, mais elle aime toujours l'odeur de la gare, la vapeur des trains, la promesse d'un ailleurs. Cela vaut bien l'ennui du lieu.

Au cours de ses voyages, elle inonde Ardengo de lettres d'amour enflammées, de promesses excitantes, de ses cuisses ouvertes qui n'attendent que ses mains. De son côté, il ne vit plus que pour elle, et l'attente fébrile des lettres presque quotidiennes l'empêchent de travailler. Serge, qui ne connaît pas grand-chose à l'amour physique et qui est devenu son ami, s'en inquiète. « As-tu fait les musiciens ? » lui écrit-il depuis Roncegno où, sous la pluie d'un automne 1904, Hélène apaise son psoriasis. Le tableau n'avance pas. Au bas de cette lettre, de sa main, elle ajoute l'un de ses nombreux surnoms : « Lialeczka t'embrasse. » Ces trois mots emportent tous les autres. Ne reste pour Ardengo que la promesse d'un baiser.

Les deux amants vivent ainsi de longs mois, comme sortis du temps des hommes, dans le crépuscule d'un amour infini, au rythme donné par le souffle de leurs étreintes, scandé aussi des vers de Baudelaire et de Vigny qu'ils connaissent par cœur et se récitent, après l'extase, surtout le début de *La Mort du loup* :

> « Les nuages couraient sur la lune enflammée
> Comme sur l'incendie on voit fuir la fumée,
> Et les bois étaient noirs jusques à l'horizon.
> Nous marchions sans parler, dans l'humide gazon »

« Je sens que toute ma vie dépend de savoir si tu m'aimes. » Ces mots d'Ardengo se plantent dans le cœur d'Hélène. Ils lui font mal. Ils lui déchirent les chairs. Elle n'ose lui répondre qu'elle ne veut pas qu'il en soit ainsi. Que cette soudaine responsabilité l'écrase et la fait suffoquer.

Alors, comme il arrive souvent, au temps des amours aveugles succède celui des doutes. Pour être juste, ce n'est pas qu'Hélène aime moins qu'Ardengo ne l'aime. C'est qu'elle l'aime sans constance, sans l'absolu qui rend les êtres vils. À la Ruche, elle l'adorait, elle pouvait, depuis le lit où elle passait le plus clair de son temps, le regarder peindre pendant des heures sans dire un mot, fascinée par le paysage ou le visage qui surgissait sous ses doigts. Mais ailleurs, dans le vaste monde où Ardengo ne voit qu'elle, Hélène devient la baronne d'Oettingen, cassante, distante, séduisant d'autres hommes, sous le regard inquiet de son amant.

– Ne faites pas cette tête-là, mon pauvre petit chat, je vais me fâcher, bêta, va ! lui lance-t-elle suffisamment fort, un soir lors d'une réception à Roncegno, pour que les convives aient une idée précise de la forte femme à qui ils ont affaire.

Il arrive cependant que, la nuit noire venue, elle entraîne son amant dans un recoin pour l'embrasser à pleine bouche, avant de s'éloigner comme si rien ne s'était passé.

Hélène rayonne au milieu d'une cour de vieux aristocrates italiens électrisés par cette baronne dont ils savent bien qu'elle n'en porte que le titre. Tout autour d'elle évoque la vieille Russie, l'avant-garde artistique de Paris, la provincialité de Roncegno, son père l'empereur François-Joseph dont, dit-elle à une assemblée dubitative mais sous le charme, elle a hérité le spleen tout baudelairien. Serge et Ardengo assistent au spectacle, un triste spectacle car ils n'ignorent pas que ce besoin d'être au centre du monde cache un mal-être.

Ils savent, surtout Serge, les longues journées qu'elle passe parfois sans sortir, les crises de nerfs et les interminables silences, les objets cassés de rage ou de dépit, les monologues en russe, à pleurer un monde à jamais perdu, l'étang rouge et sa mère, les choses qu'elle ne reverra plus, ses listes.

Parmi la foule fascinée par Hélène, un homme compte plus que tous les autres, un médecin des thermes de Roncegno, le docteur Viola. Dans la journée, il passe des heures à ses côtés, à l'écouter. Un matin, il prononce le mot « hystérique », Hélène entend « historique ». Ils rient de bon cœur de ce lapsus.

– Révélateur ! crie soudain le médecin. Oui, lapsus révélateur, avez-vous lu ce Freud dont on parle tant ? Non ? Peu importe. Votre lapsus nous a fait bien rire…

Mais il en dit long sur vous et vos tourments, chère baronne...

– Ah bon ? Dites-m'en plus... « Historique », ai-je entendu... Dites-moi tout...

– Eh bien voilà... Je pense que l'Histoire, avec un grand H, vous traverse telle la conscience aiguë et douloureuse d'une aiguille dans la peau, de l'Histoire qui se fait, du temps qui passe, qui emporte tout sur son passage tel un tourbillon auquel vous ne pouvez qu'assister, impuissante et bientôt victime de ce film sans fin...

Hélène se met à pleurer. Et, en bafouillant des excuses, quitte la pièce pour retrouver le silence de sa chambre. Ce médecin voit juste. Elle n'est pas de ces gens nostalgiques qui pleurent en se rappelant une odeur ou le son d'une voix disparue. Elle repense souvent au passé, mais sans savoir qu'en faire, sans savoir s'il appartient réellement au passé ou s'il continue à vivre en elle. Il l'encombre. Les ruines, par-dessus tout, la bouleversent. Dès qu'elle arrive dans un nouvel endroit, elle s'enquiert de leur présence, pour elle magique. Non loin de Roncegno, on lui indique la Torre Quadra. Des deux tours construites au XIIIe siècle, et qui faisaient sans doute partie du système de défense de la vallée de la Valsugana, ne restent que les bases, agrémentées pour l'une des deux de fines ouvertures. Elles sont éventrées par le temps, posées comme par hasard au milieu d'un champ d'herbes folles et adossées à une butte qui semble vouloir les engloutir. Accompagnée du fidèle Serge, Hélène s'y rend à chacune de ses cures à Roncegno. C'est comme un pèlerinage : « Allons voir mes ruines. » Elle demeure ensuite immobile et silencieuse, au point de s'oublier et de se fondre dans le décor.

Elle rêve souvent de Pompéi, de ces corps figés dans la lave qu'on met au jour. Elle voue un culte à Giuseppe Fiorelli, nommé directeur des fouilles de Pompéi et d'Herculanum par le roi Victor-Emmanuel II en 1860, qui avait inventé l'ingénieuse méthode du moulage. Elle imagine qu'un jour, les fantômes de son enfance sortiront à leur tour de la terre, du château de Krasnystaw envahi par les loups et rongé par les mauvaises herbes. L'idée ne la rend pas triste, elle ne sait pas encore ce qu'elle doit en faire. Pleurer, dormir, crier, vomir, elle sait. Mais c'est autre chose qu'il faut faire de toutes ces ruines. Quoi ? Alors, en attendant, elle les accumule quelque part, plus près du cœur que du cerveau, comme on garde la photo d'un enfant pliée dans son portefeuille, pour plus tard, quand on en aura besoin, peut-être. Ces ruines sont la preuve irréfutable que quelque chose avait existé.

Le lendemain, apaisée, Hélène revoit le docteur Viola, qui se précipite vers elle les mains jointes :

– J'ai repensé une bonne partie de la nuit à notre échange d'hier…

– Pardonnez ma réaction…Vous savez, l'émotion…

– Je vous en prie, chère baronne… Je crois que vous

devriez vous consacrer aux arts, c'est un conseil de votre médecin et de votre ami qui vous observe. Ces bons arts sont consolateurs. Ils vous soigneront plus que toutes les ivresses sensuelles.

« Artiste pour se sauver », « Artiste pour se sauver », « Artiste pour se sauver », se répète-t-elle comme un mantra.

Ardengo et Serge l'accueillaient déjà dans leur monde, leurs bras étaient ouverts, généreux et sans calcul. L'amour charnel de l'un, l'amour fraternel de l'autre n'avaient pas suffi à Hélène, peut-être qu'avec l'art, un triangle amoureux lui offrirait un peu de répit.

Elle se rêve Sardanapale

L'histoire ne dit pas si l'idée fut thérapeutique. Mais les chances sont grandes.

À leur vive surprise, l'année suivant la révélation du docteur Viola, la direction des thermes propose un matin à Ardengo, Serge et Hélène de leur confier la réalisation de plusieurs immenses panneaux décoratifs dans le salon-théâtre de l'hôtel des Thermes de Roncegno. L'après-midi même, ils se mettent au travail, avec sérieux et enthousiasme.

Serge et Ardengo exécutent l'essentiel des paysages, des personnages et des animaux de ces *Divertissements et jeux dans une Italie symbolique*. Un des panneaux est dédié à la rencontre de Dante et de sa muse Béatrice. Ardengo la voit-il en Hélène, appliquée à réaliser quelques éléments ? Sur les murs, un tireur à l'arc, des femmes nues prenant leur bain, des troncs d'arbre sur fond de prairie et, parmi les personnages assis sur le sol, Ardengo et Serge entourant celle qu'ils aiment, Hélène. Plus tard, après la fin du monde que fut la guerre, elle séduirait Henri-Pierre Roché, tombé sous le charme de la « fantastique créature ». Il y a du Jules et

Jim dans le joyeux trio que constituent Serge, Ardengo et Hélène.

Quand Hélène peint, elle ne souffre pas. L'esprit est vif, le corps alerte. Elle ressent le même oubli qu'entre les bras des hommes. « Ce docteur a raison », pense-t-elle, appliquée à dessiner quelques contours. Mais jamais, toutefois, elle ne se passera des hommes.

Le psoriasis, maudit psoriasis, qui lui cause tant de peine se réveille bien vite. Cette peau disgracieuse rebutera les hommes. Telle est sa terrible angoisse, qu'ils détournent le regard, que leurs baisers l'évitent, et s'ils s'approchent tout de même, que leurs caresses découvrent des squames hideuses et les éloignent pour de bon. Elle ne craint pas pour Ardengo. Lui, il lui appartient. Il ne partira pas. Son amour est infiniment plus fort que le dégoût que pourrait lui inspirer le corps d'Hélène.

Elle n'a aucun doute, et cette absence de doute marque pour elle la fin de cette histoire. Pourquoi aimer un homme qui vous aime à ce point que son départ vous semble inimaginable ? Quelle énergie mettre dans une aventure qui n'en est plus une ? À côté de lui, la tête contre la fenêtre froide du train de retour de Roncegno, Hélène divague. « Qu'il m'aime, autant qu'il peut, cela ne me déplaît pas… Je me vois, dame en blanc, apparition mariale, partout sur le chemin d'un homme, en Italie. Il ne cesse de me croiser, moi qui me dérobe à son regard. Je le rends fou, d'impatience et de désir, jusqu'à le lasser d'être cette insaisissable proie. Les hommes sont ainsi faits qu'ils s'ennuient, et c'est là qu'ils deviennent intéressants pour moi. C'est à ce moment-là qu'il faut les conquérir pleinement, les sortir de l'abattement de leur quête vaine. Alors la dame en blanc, moi, se mettra nue pour attraper l'homme qu'elle désire et qui ne la désirait plus, et l'apparition de sa peau, de ses poils, de ses seins, déjà de son plaisir, rendra à nouveau la proie attirante... Ardengo n'est plus capable de tout cela », tranche Hélène, sortant de la torpeur de ses pensées.

Une autre fois, à la même époque, lors d'un voyage en Italie, qui doit conduire les deux encore amants à La Spezia, juste après Pise, Ardengo remarque la présence d'un homme devant leur compartiment. Faisant fi des règles de bienséance, il fixe Hélène avec appétit. Grand, vigoureux, le cheveu en brosse et la moustache fournie et roulée, il a tout d'un sous-officier en goguette. Son désir pour Hélène est si évident qu'il en devient à la fois choquant et risible, tant et si bien qu'Ardengo cherche le regard de sa maîtresse pour partager ensemble l'incongruité de l'instant. Hélène remarque tout du manège de l'inconnu et rend à Ardengo son sourire amusé. Mais le sol bientôt s'ouvre sous les pieds de l'Italien, un immense vide s'empare de son ventre lorsqu'il se rend compte que le sourire qu'il croyait lui être destiné se dirige en réalité vers celui qui devait en être la victime. Encouragé, le vigoureux moustachu affiche un regard séducteur d'une vulgarité sans nom. Ardengo est poignardé au cœur de voir Hélène s'approcher de l'homme dans le couloir et échanger avec lui quelques mots qu'il ne peut entendre. Elle rit maintenant et s'il avait eu la force de se lever, il serait parti pour toujours. Mais, tétanisé par ce jeu pervers, il doit se résoudre à saluer l'homme qu'Hélène finit par inviter à les rejoindre dans le compartiment. Détendu, tel un chasseur qui, après une battue, a récupéré le gibier tout juste tué, les jambes écartées, triomphal et confiant, il donne son nom – Simponatti –, son métier – employé ferroviaire (il n'est même pas sous-officier) – et sa destination – Florence. Il descend donc du train le premier, salue ses compagnons de voyage et plante ses yeux pleins de sous-entendus dans ceux d'Hélène. Ardengo en aurait crié de rage. Il aurait même frappé Hélène s'il en avait eu le courage et le caractère. Il se terre dans un silence ombrageux qui tranche avec la bonne humeur de sa maîtresse. En arrivant à l'hôtel, elle lâche, le rire au bord des lèvres :

– Comme tu ne comprends rien ! Tout ça pour ce drôle de type…

Et en riant franchement désormais, elle se met à imiter sa démarche virile et grotesque, feignant de rouler d'une façon militaire sa moustache. Alors qu'Ardengo s'apprête à articuler un mot, Hélène se jette sur lui, lui ferme la bouche avec sa main et couvre son visage de baisers. Tout essoufflée, elle soupire :

– Mais ne t'aperçois-tu donc pas que je veux être à toi ? Rien qu'à toi !

Ardengo s'apaise, mais il ne peut chasser l'image fantasmée des mains de l'employé des chemins de fer sur le corps d'Hélène et, pire encore, les gémissements de plaisir qu'il lui procurerait. Il souffre. Et encore ignore-t-il qu'en son for intérieur Hélène en a terminé avec lui.

Mais à Paris, comme il arrive souvent après les décisions définitives, les certitudes se diluent, et Hélène passe, comme avant, beaucoup de temps à la Ruche ou dans les nombreuses galeries où Ardengo se fait l'œil comme il le dit avec malice. Avec lui, elle découvre Paris du nord au sud, en suivant presque le chemin que le métro creuse à cette époque-là sous la ville, passant bientôt, quel exploit !, sous la Seine dans un chantier spectaculaire qui éventre le monde d'hier : Montmartre, le Quartier latin puis Saint-Germain-des-Prés, et enfin Montparnasse, là où bientôt Hélène s'installera pour toujours.

Et puis Ardengo a bon cœur et il est toujours difficile de faire souffrir des gens de cette belle nature. Un jour qu'il s'inquiète de l'absence prolongée d'un jeune peintre italien originaire de Bari, il décide d'entrer dans la chambre-atelier de ce dernier, qui n'est pas loin de la sienne. Il trouve Ricciotto Canudo prostré, entouré de papiers en désordre, à ce point faible qu'il est incapable d'articuler le moindre mot. Ardengo comprend que son compatriote n'a rien mangé depuis plusieurs jours. Il se précipite alors dans sa chambre, fait chauffer de l'eau où il jette quelques feuilles de thé, se saisit d'une nappe sur laquelle il reste quelques miettes d'un précédent repas, et porte l'ensemble à Canudo demeuré immobile. Quand Hélène entend cette histoire de la bouche des deux hommes qui en rient de bon cœur, elle est prise d'un élan de tendresse pour Ardengo, qui la surprend elle-même.

Pas au point cependant de le suivre. Tant de fois Ardengo lui propose de quitter Paris pour les lumières du Sud ou de l'Italie. Il a trouvé en Paul Cézanne son modèle :

– Hélène, il a eu la force d'abandonner Paris et la vie bohème indécise pour s'exiler à Aix-en-Provence et ne quitter le Sud que victorieux…

– Ma vie est ici. Je suis parisienne, avec mon accent russe. Parrrrisienne.

Elle comprend qu'il veut s'installer avec elle à Poggio a Caiano, et nulle part ailleurs. Peut-être veut-il l'arracher aux tentations des villes, ne plus souffrir des crises de jalousie qu'elle suscite avec délice.

Parce qu'elle se détache de lui, Hélène s'amuse. Absolue dans l'amour et perverse en désamour, elle propose à Ardengo d'acheter une maison, ici ou ailleurs :

– Ardengo, Banban ! Je vous inviterai à y travailler. On s'engueulera, et après vous peindrez sur les murs. Est-ce une bonne idée ? Vous entendrez la grosse voix ronronnante, très amicale et surtout despotique, satrapique, voix de Sardanapale !

L'invitation et la menace. Hélène trouve excitant de jouer sur tous les registres, de tirer les ficelles de l'histoire, d'en être la marionnettiste. Elle se rêve Sardanapale, ce roi assyrien légendaire qui vivait au VIIe siècle avant notre ère dans l'intrigue, le luxe et la débauche, et qui préféra se donner la mort ainsi qu'à toutes ses femmes et ses chevaux dans son palais plutôt que de tomber aux mains de son frère qui en faisait le siège. Tout brûler plutôt que se donner. Ardengo attendra longtemps qu'Hélène précise son projet qui l'enthousiasme. Il se voit déjà dans la campagne, Cézanne d'Italie, triomphant à son retour à Paris, parlant d'égal à égal avec Picasso qu'il vient de rencontrer au Bateau-Lavoir. Mais Hélène repousse sans cesse les détails et le pauvre Ardengo se torture. Il écrit des lettres de plus en plus désespérées : « Dis franchement si rien n'a changé. En pensant à tout, il me semble impossible que tu ne m'aimes pas. Mais si quelque chose a changé, dis, pour l'amour de Dieu ! Ce sera mieux pour tous les deux ! » Hélène ne répond pas. Tout au plus ajoute-t-elle à la main au bas de quelques-unes des innombrables lettres qu'envoie Serge à Ardengo : « Je t'embrasse. »

Boulevard Berthier : l'ennui

Au début de l'année 1908, Hélène dresse une nouvelle liste de ce qu'elle ne pourra plus découvrir :

- *Le visage d'Ardengo quand je lui annonce qu'il ne me verra plus jamais nue, que c'est fini.*
- *La porte de l'hôtel particulier du 21, boulevard Berthier dans le dix-septième arrondissement de Paris qui s'ouvre pour la première fois.*
- *S'asseoir pour la première fois devant la fenêtre d'un salon aux rideaux de tulle blanc et de taffetas jaune citron.*
- *Bob qui se promène dans la maison, reniflant tous les recoins, urinant sur la terrasse, flairant l'inconnu de ce qui devient maintenant sa maison.*

Les numéros pairs du boulevard Berthier attirent depuis plusieurs décennies les peintres conquis par la tranquillité du lieu et, parce qu'ils sont exposés au nord, par la lumière constante. Avant Serge et Hélène, l'hôtel particulier de trois étages était la propriété du peintre naturaliste norvégien Frits Thaulow disparu en 1906. Dans le jardin se dresse une statue de Rodin et, parmi les convives qui fréquentaient les Thaulow, l'un des plus assidus était le dramaturge Henrik Ibsen. Claude Monet passait également de temps en temps chez son ami. « Je sens l'âme des lieux », confie Hélène à Serge en s'y installant.

Ce quartier bourgeois tranche avec l'agitation frénétique de Montparnasse qu'Hélène et Serge ont quitté au bout d'un an seulement. La quiétude du nouveau quartier, rythmé par le bruit du train de la petite ceinture, les sabots des chevaux et les pas des passants conviennent parfaitement à Hélène.

Mais son corps se détraque. Sa digestion devient chaotique, son appétit est en berne, même sa vision se trouble. Les incessantes cures, à Royat, à Aix-les-Bains, à Néris-les-Bains, à Châtel-Guyon ou à Roncegno, ne parviennent plus à l'apaiser durablement. Les douleurs l'épuisent et l'ambiance de ces séjours la déprime. Serge n'en peut plus de devoir l'accompagner, de subir ses sautes d'humeur, de faire et défaire les malles, et plus encore de la voir souffrir…

Les excitations sont de plus en plus soudaines et inattendues. Séance tenante, il lui faut sortir, faire la fête, séduire un jeune homme, boire de l'alcool, se mettre nue ou presque en public, dire du mal des uns et des autres, provoquer les rires, les colères et les larmes, dépendre honteusement du sexe, en avoir un besoin bestial immédiat, faire exulter ce corps qui souffre, se perdre dans les bras d'un homme oublié le lendemain, acheter des robes hors de prix, des bijoux qu'elle ne porterait qu'une fois, vivre et ne plus survivre, enfin.

– Dis-moi, Serge, mais dis-moi vraiment... Est-ce que je suis folle ?

– Non, tu n'es pas folle, Hélène. Tu vis follement les choses.

Peut-être, espère Serge, que l'atmosphère provinciale du boulevard Berthier la calmera. Les troupeaux de bœufs et de moutons qui passent devant la maison, les chariots chargés de légumes et de fruits pour la capitale, le jardin où les plantes en pot et celles qui grimpent le long des murs offrent à Hélène un répit presque bucolique.

Serge passe un temps fou dans son atelier dont sortent des aquarelles colorées, souvent des scènes de la campagne, qui ne lui plaisent jamais. Hélène a les larmes aux yeux devant tant de beauté, mais s'en cache pour ne pas le mettre en colère. Il avait dû se faire violence pour exposer ses œuvres pour la première fois trois ans plus tôt au Salon des Indépendants. Il les avait signées Serge Roudneff, le nom d'un de ses cousins restés en Russie. L'année suivante, il était Serge Jastrebzoff, son véritable nom, quand il exposa au Salon des Artistes français. Ce n'est que plus tard qu'inspiré par la beauté et la lumière de Saint-Jean-Cap-Ferrat, il se fait appeler Férat, d'abord Édouard, puis à nouveau Serge. Hélène assiste amusée à ces changements d'identité, mûrissant les siens qui seraient, évidemment, bien plus éclatants.

Berthier est en périphérie. Le centre, la vie parisienne manquent à Hélène. La bourgeoisie, d'accord, mais à condition qu'elle soit bohème. Le boulevard Berthier l'éloigne de Montparnasse mais la rapproche de Montmartre, des cafés, des cabarets, du « cirque de la Butte » où depuis des années déjà les peintres ont élu domicile. Picasso, Derain, Léger, Vlaminck ou Max Jacob, tous ont choisi de vivre là, à côté les uns des autres. Et parmi leurs habitudes, il y a la sortie au cirque. Trois ou quatre fois par semaine, la petite troupe se rend au cirque Medrano sur le boulevard de Rochechouart. Ils tremblent devant les fauves domptés, s'extasient devant l'adresse des jongleurs et, surtout, hurlent de rire devant les clowns qui font le triomphe du cirque. Le boulevard de Rochechouart disparaît d'un coup de baguette magique quand le spectacle commence. Il y a une histoire que l'on se répète sans cesse dans le quartier. Quand le cirque appartenait encore à Fernando, le clown avait sauvé un enfant gravement malade, à force de le faire rire. Nul ne sait si cette histoire est vraie, mais qu'il est bon de se la répéter ! Les peintres qui vivent à peine de leur art y trouvent un réconfort. Le rire que les clowns leur arrachent, soir après soir, les guérirait de leurs démons.

Serge qui côtoie de nombreux peintres a vent de ce

lieu magique et pense qu'Hélène y trouvera la joie de vivre. Il a vu juste. Avec ses bottines de couleur vive, sa longue jupe de velours noir, son corsage à l'indécent décolleté, sa chevelure enserrée dans un turban en mousseline de soie vert pomme, et le patchouli aux vertus aphrodisiaques embaumant l'ensemble, Hélène ne passe pas inaperçue au milieu d'un public populaire qui se demande si elle ne fait pas partie du spectacle. À peine a-t-elle posé le pied dans la loge que Serge a décidé de réserver à l'année, qu'elle est éblouie par le lieu. L'odeur des animaux, la fine poussière de la piste, les couleurs des murs, les trapèzes encore immobiles, le bruit sourd des conversations dans l'attente du spectacle, tout lui plaît. Un je-ne-sais-quoi lui rappelle Krasnystaw si bien qu'en une fraction de seconde, la voilà saisie par la nostalgie de cette enfance malheureuse, de sa mère, de son oncle, des livres lus sur le parquet, même des loups qui hurlaient. Du coin de l'œil, Serge se rend compte du soudain changement d'humeur d'Hélène. Il lui prend la main et lui montre l'entrée de la scène où l'on s'agite. Elle revient à elle, esquisse un sourire. Le cirque. Paris. Serge. Maintenant. Se ressaisir. Rire à gorge déployée des clowneries de Footit et Chocolat. S'oublier, enfin. Ils y retourneront souvent.

Les retours vers le lointain boulevard Berthier sont toujours silencieux. C'est comme rentrer à la campagne après une journée en ville. Les rires de Braque, de

Picasso et de Fernande, rejoints au bar du cirque, entourés des jongleurs et des clowns hilares, les vapeurs d'alcool et les fumées d'opium s'évanouissent en roulant vers l'ouest. Parfois, Hélène pleure en silence. Mais le plus souvent, elle regarde le paysage défiler, haché par les pavés que les roues embrassent. Elle pense à Ardengo, la Ruche et les baisers, Rimbaud qu'il a finalement emporté en Italie, les toiles qu'elle rêve de peindre, les poèmes qu'elle a en elle, les romans qu'elle écrirait. Mais elle nourrit le sentiment que tout cela est derrière elle, vers l'est, vers Montmartre, vers Montparnasse, où ceux qu'elle admire demeurent. Les monts lui semblent inaccessibles, trop hauts à gravir pour sa santé déclinante, son souffle court, sa peau blessée, son âme abîmée, trop slave, pas assez parisienne. Hélène s'endort souvent avant d'arriver à la maison. Serge la réveille délicatement d'une caresse sur la joue. Il la soutient jusqu'à la porte d'entrée et l'accompagne dans sa chambre, craignant plus que tout de l'arracher à un si fragile sommeil.

Attendre la providence

Serge vit une période artistique exaltante : le cubisme, dont la voie avait été ouverte par Picasso et ses *Demoiselles d'Avignon* peu de temps auparavant, est la découverte de sa vie. Son enthousiasme et sa créativité tranchent avec l'atonie d'Hélène qui passe le plus clair de son temps en peignoir de soie, ne sortant que pour aérer Bob. Ce sont pour Hélène de longs mois à errer aux lisières d'elle-même. Les vieilles femmes qu'elle croise dans le quartier, Sarah Bernhardt par exemple, lui donnent le cafard. Elle voit son propre destin dans leur corps voûté, leur démarche hésitante, leur visage fripé, la fin de leur désir et la mort de celui-ci dans le regard des jeunes hommes qui les croisent sans les remarquer sinon pour les plaindre ou les aider à porter leur lourd barda. Elle serait bientôt l'une des ombres de cette armée d'impotentes, fardeau pour elle-même comme pour les autres, bonne à rien sinon à attendre la mort comme on attend l'addition au restaurant : avec impatience, et crainte. Un matin, de retour de promenade, elle aperçoit son image dans l'un des miroirs du grand séjour. De rage, elle le brise, ainsi que tous les autres de la maison. Alerté par le fracas, Serge sort de son atelier et constate en silence les dégâts. Il retourne sans un mot à l'arlequin cubiste qui prend forme sous son pinceau. Il connaît Hélène. Cela passera.

Les saisons défilent. Heureusement qu'il y a aussi les trains pour aller en cure, les lettres d'Italie d'Ardengo, les promenades et quelques soirées à Montmartre pour que le corps exulte, pour les rires, l'alcool et un peu de drogue, pour l'ailleurs.

Mais, en dehors de ces instants, Hélène vit une période de latence qui pourrait durer le temps de l'éternité. Elle se fait doucement à l'idée d'une existence en pente douce, les belles années derrière elle. Elle n'a pas su retenir son bel Italien. Pire, elle l'a chassé. Elle pleure la Ruche et les poèmes récités ensemble. Mais l'heure n'est pas encore aux regrets, qui sont à l'âme ce que le sel est à la plaie.

Puis d'un coup, comme par miracle, elle se ressaisit, se sent encore en vie, capable de peindre, d'écrire et de faire l'amour. Hélène est ainsi faite que les moments de longue dépression peuvent d'un claquement de doigt laisser place à une belle euphorie. Une lettre ou la promesse d'un voyage, une nuit sans cauchemar ou l'éclosion d'une fleur, et le miracle opère, au moins pour un instant. Et l'espoir se forme à nouveau dans son cœur.

La modernité l'inspire. Serge lui ouvre une fenêtre sur un nouveau siècle qui serait façonné par le regard de l'artiste. L'objet peut bien être le même qu'hier, il prendrait désormais un autre sens, et d'autres formes. À nouveau Tolstoï : « Il n'existe donc non des objets, mais notre rapport avec eux. » Braque et Picasso montrent un autre possible. Ils la regardent comme une joyeuse compagnie. Elle décèle du désir dans le regard de Picasso, mais ce n'est pas de cela qu'elle a envie. Elle veut appartenir à leur fraternité de génies rigolards et alcoolisés, être l'un d'eux, de la bande, sur la photographie de l'époque, exposée dans les mêmes galeries, haïe par les mêmes anciens, idolâtrée par les mêmes modernes. Mais comment faire ? Par où passer ? Quelle magie noire serait assez puissante pour réaliser cette folie ?

Dans ces vies tissées de hasards, en viendrait bien un, heureux hasard, providence inattendue mais espérée, qui la rendrait au monde, belle comme le jour, un amant peut-être, ou un ami sûrement, quelqu'un quelque part qui viendrait à sa rencontre et d'un souffle la propulserait sur l'avant-scène de ce théâtre tragi-comique qu'est notre vie. « Qu'il vienne avant que je ne fane », se dit-elle souvent, le regard plongé sur les fleurs de la terrasse de la maison du boulevard Berthier. « Qu'il vienne, ou j'en mourrais, et de la face du monde je serais effacée à jamais. Ni monument, ni gloire, ni même abîme, rien que le silence éternel d'un gouffre froid et sans lumière. Qui, un jour, se souviendra de moi ? »

L'idée de faire un enfant lui traverse parfois l'esprit.

Mais elle la chasse bien vite. C'est trop facile de laisser une trace ainsi. Et que ferait-elle d'un enfant à élever ? Elle a déjà suffisamment à faire à s'élever elle-même. Et puis, elle n'est jamais tombée enceinte. C'est un signe. Son corps confirme ce que son esprit formule. Si ses amants veulent des enfants, qu'ils aillent trouver un autre ventre, il y a partout des femmes qui n'attendent que ça. Son ventre à elle restera plat et vide. Si elle doit laisser une trace, ce ne sera pas celle-ci. Ce n'est pas négociable.

Pour avancer, il lui faut chasser Ardengo de son esprit, cesser d'attendre le courrier du matin à espérer une lettre envoyée depuis Poggio a Caiano. Elle se hait de penser encore à lui, qui n'écrit de toute façon qu'à Serge avec lequel il entretient une puissante relation, presque fraternelle, essentiellement constituée d'échanges autour de l'art. Hélène se sent exclue et en souffre.

Ses propres discussions sur la peinture avec Serge tournent souvent court. « Ce n'est pas toi qui parles, c'est Ardengo à travers toi ! » finit-elle souvent par lâcher avant de se lever, de siffler Bob et de s'enfermer dans sa chambre. Et pourtant, un mot d'elle, et Ardengo reviendrait à Paris l'embrasser. À quoi bon ? Elle fait dire à Serge de lui interdire de lui écrire. Quand Ardengo l'apprend, il ressent l'impression d'être « comme quelqu'un qu'on enterre vivant ». Hélène esquisse un triste sourire en entendant Serge lui lire ces mots. Elle le sort de terre, l'imbécile, et il ne le voit même pas.

« Il finira par comprendre que c'est parce que je l'aime que je l'éloigne de moi, qu'il doit prendre ses distances avec cette baronne toxique, qui le rendra fou, si ce n'est déjà fait, pire qui le rendra malheureux : autant qu'un seul des deux le soit, non ? Il ne peut comprendre que si je suis – ce sont aussi ses mots – "aigre et dure", c'est parce que si j'étais douce et tendre je finirais par nous perdre tous les deux, je suis incapable de l'aimer comme il aimerait que je l'aime, jamais d'enfant ne naîtra de notre amour, je partirais parfois loin de lui, sans le prévenir, me trouverais d'autres amants pour découvrir d'autres plaisirs, et lui m'attendrait, et je ne pourrais supporter sa tendresse n'imaginant pas mon corps souillé par d'autres hommes, et cette peau de psoriasis qui finira bien par le dégoûter, et un jour les rides, la vieillesse, je ne pourrais supporter son regard de pitié, ou pire encore de nostalgie, quand il se posera sur mes hanches, mes seins et mes yeux, je ne peux l'aimer parce que je me connais trop bien, je sais où mes pas me mènent quand les crises m'emportent, je sais l'impossibilité, alors, d'affection et d'empathie, il n'y a alors que moi, moi et moi, et rien ni personne d'autre ne compte. Ah, Ardengo, si je te disais tout cela, tu tâcherais de me convaincre, et la beauté de ton visage me ferait hésiter, tanguer et peut-être même rester, mais ce ne serait que partie remise, bientôt, la petite graine démoniaque germerait à nouveau et te briserait, mon Ardengo, jusqu'à la mort. »

Hélène entreprend alors de rédiger une nouvelle liste. Sur du papier à lettres vélin, seule à son bureau, Bob blotti entre ses jambes, elle écrit :

Quelle aurait été ma vie…

- *Si j'étais restée auprès de ma mère à Kiev.*
- *Si j'étais restée en Italie.*
- *Si ma mère m'avait aimée comme une mère doit aimer son enfant.*
- *Si ma mère m'avait dit qu'elle m'aimait.*
- *Si j'avais eu un père.*
- *Si je ne m'étais pas mise nue devant le baron d'Oettingen.*
- *Si je m'étais jetée sous un train.*

Serge se désespère de voir Hélène si malheureuse. Elle ne parle plus que de partir en cure, trois ou quatre ans ! Il s'imagine avec elle à Saint-Gervais ou à Roncegno jusqu'en 1913 ! Même entrecoupé de retours à Paris, l'idée de ce séjour ne le réjouit pas. Mais le pire est le malheur d'Hélène. Il écrit même à Ardengo qu'elle est « la femme la plus malheureuse que j'ai jamais vue. Chaque jour ne lui donne que des souffrances ».

Épuisé par les crises de plus en plus régulières

d'Hélène, Serge loue désormais un atelier au 99 de la rue de Vaugirard et ne rentre que la nuit venue boulevard Berthier. Alors Hélène passe l'essentiel de son temps absolument seule, penchée sur le petit bureau en bois de poirier à écrire. De longues lignes, au fil de l'imaginaire, sans sens apparent, comme pour tromper l'ennui ou entrer sur la pointe des pieds dans ce monde littéraire qui l'attire et l'effraie.

Mais Hélène ne peut demeurer seule : Serge doit se résoudre à revenir. Au bout de quelques mois seulement, il quitte son atelier de la rue de Vaugirard pour s'installer boulevard Gouvion-Saint-Cyr, dans le dix-septième arrondissement, à une dizaine de minutes à pied de la maison du boulevard Berthier. En novembre 1909, Serge file rejoindre sa mère malade qu'il avait fait venir en France, à Beaulieu. L'éloignement lui procure un intense soulagement, bien vite contrarié par un sentiment de culpabilité qui le conduit à écourter son séjour dans le Sud. Imaginer Hélène seule, surtout la nuit, lui est insupportable. Elle ne peut compter sur personne. Sa mère est loin, peut-être morte, son père n'existe que dans son imagination, et elle refuse l'amour. Quelqu'un doit veiller sur elle.

D'autant qu'en janvier 1910, la crue de la Seine la rend folle de nervosité. Elle est persuadée que Paris sera bientôt englouti, qu'il ne restera rien que la cime des plus hauts arbres et des plus hauts immeubles. Elle passe des nuits horribles, la fièvre la tenaille, elle rêve de tableaux flottant dans les musées submergés par les eaux, et d'Ardengo le corps livide, les yeux ouverts, noyé, qui dérive vers elle. Et quand elle ne rêve pas, elle part seule se promener dans Paris, près de la tour Eiffel qui est sur le point de s'effondrer, elle l'a lu dans les journaux. Hélène est attirée par la Seine débordante, songeant à s'y jeter, non pour mourir, mais pour s'y laisser dériver, Dieu sait où les flots la mèneraient, peut-être en Amérique, il paraît que là-bas tout est possible, même le meilleur, se dit-elle en fixant les eaux grisâtres du fleuve.

Quand au mois de février commence la décrue et que tout rentre lentement dans l'ordre, qu'on redécouvre sous la boue mais intacts les pavés, le pas des portes et les déchets dont on n'avait su que faire, Hélène décide qu'elle doit reprendre sa vie en main.

Est-ce le spectacle de la Seine qui regagne son lit, ou un inexplicable changement d'humeur ? Toujours est-il qu'en rentrant chez elle ce jour-là, dans le froid glacial de l'hiver parisien, Hélène se sent portée par un sentiment joyeux inconnu d'elle depuis longtemps. Et pour l'occasion, elle s'arrête au 107, rue du Faubourg-Saint-Honoré, où le couturier Paul Poiret vient de s'installer dans le sublime ancien hôtel du Gouverneur des Pages. Hélène succombe à quelques tenues orientalistes, notamment un turban agrémenté d'une aigrette, dont la mode a été lancée quelques mois plus tôt par le triomphe des Ballets russes de Diaghilev au théâtre du Châtelet.

Dans la voiture qui la ramène boulevard Berthier, Hélène songe à déménager, à écrire des romans et des nouvelles, à peindre des tableaux, bref, à se remettre à vivre.

Que tout cela est soudain !

Le dos d'Apollinaire

C'est par l'art qu'Hélène revient au monde. Et pourtant, pendant des mois et des mois, Serge lui avait parlé de tant d'artistes dont elle n'avait pas retenu le nom, lui avait montré tant d'œuvres qu'elle n'avait même pas regardées. Et voilà qu'elle se remet à écouter, voir, aimer ce que le siècle offre de neuf. Les cubes de Braque et les curieux personnages de Picasso qu'elle avait presque oubliés, mais aussi les tableaux colorés d'une naïveté désarmante d'Henri Rousseau.

Le vieux peintre avait tapé dans l'œil de Picasso qui lui avait rendu un bel hommage dix-huit mois plus tôt, lors d'une soirée organisée en son honneur dans son atelier du Bateau-Lavoir en novembre 1908. Au fond de la scène, avait été installée une large banderole « Honneur à Rousseau », sous laquelle était disposé un grand portrait de Yadwiga, une Polonaise qu'avait connue et, dit-on, adorée le peintre. La fête avait, dit-on aussi, été folle, on avait attendu longtemps les victuailles en buvant, ceci expliquant peut-être cela. Vaincu par l'épuisement et les alcools, le vieux peintre avait fini par s'endormir malgré les hurlements des convives et leurs rires lorsqu'ils s'étaient rendu compte que la cire d'un lampion près de s'enflammer coulait délicatement sur son crâne dégarni. De passage en France, Ardengo avait raconté, les larmes aux yeux, cette histoire à Serge et Hélène. Puis, plus sérieusement, il leur avait conseillé de s'intéresser à l'œuvre du Douanier Rousseau. Il pressentait que sa cote allait grimper. Il l'avait connu par Guillaume Apollinaire qui l'avait lui-même rencontré en 1906 par l'intermédiaire d'Alfred Jarry. Tout était question de camaraderie, la vie était alors une chaîne de rencontres hasardeuses et parfois heureuses. Flairant la bonne affaire, Ardengo Soffici avait acquis dans l'atelier de Rousseau, au 2 bis, rue Perrel, dans le quartier de Plaisance, pas moins de dix-huit dessins auxquels l'artiste accordait peu d'importance, pour la somme ridicule de trente-cinq francs. En gage d'amitié, l'Italien offrit la moitié des œuvres à Serge. Il en était persuadé : viendrait un jour où l'on s'arracherait les tableaux du Douanier Rousseau. Hélène, allongée sur une méridienne, les avait vaguement jaugés du coin de l'œil, puis avait préféré évoquer le projet d'une cure à Ems. L'atonie la guettait. C'était deux ans avant le grand réveil de la décrue de la Seine.

Mais, en sortant de ses mois d'errances, c'est à Rousseau qu'Hélène pense d'abord. Elle se remémore les discussions avec Ardengo et encourage Serge à rendre visite à Rousseau.

– Allons voir ce vieux peintre, il m'intéresse. Et cet

Apollinaire dont vous parlez tous et tout le temps, j'aimerais le rencontrer. Ah, et j'ai des textes pour Soffici…

Serge n'en revient pas. De l'enthousiasme, enfin de l'enthousiasme ! L'occasion est belle, Henri Rousseau organise l'une de ses soirées « familiales, musicales et artistiques ». Serge obtient une invitation pour lui et pour Hélène.

En arrivant devant l'atelier de la rue Perrel, Hélène s'amuse de la petite plaque en tôle bleue où il est écrit : « Henri Rousseau. Cours de diction, musique, peinture et solfège ». L'homme ne vit pas de son art. Certains le croisent régulièrement dans la rue jouant du violon pour payer ses repas. Serge et Hélène ne sont pas les premiers. Ils découvrent une grande salle dans laquelle les convives sont installés sur des petites chaises au fur et à mesure de leur arrivée pour éviter l'embouteillage dans la pièce sombre, qu'éclairent seulement quelques lampes prêtées par des voisins. L'air ravi, le vieux peintre trône sur la scène, contemplant le lieu se remplir. D'un rapide regard autour d'elle, Hélène remarque un lit replié sur le côté, des bouteilles de vin sur une table et sous ses pieds un joli tapis qui avait été acquis, elle l'apprit plus tard, en échange de trois tableaux. Il y a aussi un canapé rouge sur lequel le peintre avait un jour allongé Yadwiga pour la représenter au milieu d'une végétation luxuriante.

L'assemblée est d'allure bigarrée. Des voisins endimanchés côtoient Pablo Picasso, Fernande Olivier, Georges Braque et Max Jacob qu'Hélène connaît déjà pour les avoir parfois rencontrés au cirque Medrano. Aux pieds de Braque, se trouve son accordéon, prêt à accompagner les chansons prévues pour la soirée.

Et pour la première fois, Hélène aperçoit, trois rangs devant elle, l'imposante silhouette d'Apollinaire. Il est accompagné de la peintre Marie Laurencin qui partage encore sa vie. Le nom du poète a tant de fois été prononcé qu'elle croit déjà le connaître. Mais il n'est encore pour elle qu'un dos, large et accueillant. Il deviendra bientôt un visage, une voix, des mains et un destin à jamais bouleversé.

Soudain, de sa voix chevrotante mais juste, le Douanier Rousseau se met chanter *La Marseillaise* que reprennent avec enthousiasme les convives. Hélène se prête au jeu avec plaisir. Peu sont nés en France mais ils aiment ce pays, et ils aiment chanter ensemble. La soirée se déroule merveilleusement. Après les chansons, vient l'heure des sandwichs et de beaucoup de verres de vin. Hélène observe cet aréopage improbable où se croisent des artistes, des voisins et de jolies jeunes femmes dont on se demande comment elles se sont retrouvées ici. Comme il arrive souvent lorsque l'on met les pieds pour la première fois dans un monde que l'on imaginait fermé à soi, Hélène se sent physiquement plus petite que chacun des autres invités. Elle demeure dans le sillage de

Serge dont l'allant tranche avec son habituelle discrétion. Dans cet univers, les valeurs s'inversent entre Hélène et Serge. Mais le vin l'aide à reprendre le dessus. La soirée est des plus réussies. On se met à danser, à déclamer des poèmes ou à s'engueuler au sujet de tel ou tel artiste absent ce soir-là. Hélène s'amuse follement :

– Serge, cela fait mille ans, mille ans que je n'ai pas autant ri, j'aimerais que cette fête ne s'achève jamais...

Malgré l'euphorie provoquée par l'atmosphère et par l'alcool, Hélène n'ose pas aborder Apollinaire. C'est une statue massive et impressionnante, bâtie moins par son œuvre – Hélène ne l'a pas encore lue – que par l'aura dont il bénéficie dans les cercles artistiques et littéraires au sein desquels gravitent Serge, Ardengo, Picasso ou Jacob.

En rentrant cette nuit-là boulevard Berthier, saoulée par la fête et les vins, la baronne s'endort sur l'épaule du fidèle Serge. Le visage d'Hélène, illuminé par une immense lune, a la blancheur de l'albâtre. Les ponts, les lampadaires et les immeubles font descendre sur ce masque de cire, au gré du hasard, quelques taches d'ombre qui déforment sa belle harmonie et l'entraînent vers le mystère. Serge, absorbé par cet enchantement nocturne, ne remarque qu'ensuite le ruisselet chaud de larmes qui s'écoule le long du cou d'Hélène pourtant endormie. Il est pris d'une telle émotion qu'il ne peut retenir le soupir que font parfois les vieillards au moment du trépas. Il n'osera jamais lui parler de cette nuit de pleine lune, cette nuit où les rêves avaient été remplis de larmes.

Dans un demi-sommeil, Hélène n'a que la force de griffonner quelques mots.

Ce que je ne pourrai plus découvrir (1910) :

- *Le sentiment de naître à nouveau.*
- *La voix du Douanier Rousseau.*
- *Le dos d'Apollinaire.*
- *S'endormir avec l'espoir de se réveiller demain.*

Le Douanier

Le vieux peintre devient très vite un habitué du boulevard Berthier où il passe le plus clair de son dernier printemps et de son dernier été. L'accueil fraternel et le couvert comblent un homme qui durant sa vie avait manqué des deux. Il aime les vins et les plats que les cuisinières lui préparent. Il aime aussi descendre dans le sous-sol de la maison et assister au bain du chien. Il lui parle de sa voix douce, l'animal paraît l'écouter et Hélène n'en revient pas. Quand il quitte Bob des yeux, le peintre les pose longuement, sans un mot, sur un petit calendrier publicitaire et coloré de l'année 1910 accroché à un pilastre. Le dessin représente une femme blonde aux joues roses contemplant deux cerises bien rouges qu'elle tient dans sa main.

– Mais que regardez-vous ainsi, cher maître ? Une date à venir ?

– Non, vous n'y êtes pas. J'admire ce dessin. J'aurais voulu être capable de peindre de cette façon, avoir une main qui obéisse ainsi à mon œil et non qu'elle vive sa propre vie, que les couleurs se fixent ainsi, avec précision, pas en bavant, pas en grumeaux, voilà, chère amie, la raison pour laquelle je regarde avec admiration et tristesse ce calendrier. Il est tout ce que je ne saurai jamais peindre…

– Allons, maître, remontons au salon, je vais nous faire porter quelques sandwichs et du vin rouge, allons !

Le vieil homme pleure et sa mélancolie ne doit pas tant au dessin qu'à son cœur qui saigne. C'est que l'homme est amoureux d'une femme qui le rejette. Au crépuscule de sa vie, il s'est en effet entiché d'une certaine Léonie, petite vendeuse de l'Économie ménagère, un de ces grands magasins en béton armé qui fleurissent dans Paris. Celui-ci est situé non loin du boulevard Berthier, au 30, avenue des Ternes, tant et si bien qu'avant ou après avoir rendu visite à ses nouveaux amis russes, le Douanier Rousseau passe voir Léonie. Chaque jour ou presque, il la retrouve pour le déjeuner et le dîner et il n'est pas rare que, par politesse, le peintre, n'osant dire qu'il a déjà mangé, doive ingurgiter un deuxième repas dans la foulée du premier, ce qui se traduit par des ballonnements et des siestes impromptues. On murmure que dans sa jeunesse Léonie ne s'est pas présentée le jour de ses noces, et qu'elle ne pense qu'à l'argent. Si tel est le cas, le choix de son prétendant est pour le moins hasardeux.

Hélène adore les visites du Douanier. Elle lui montre ses natures mortes qu'il accueille toujours d'un timide encouragement : « Ce n'est pas mal, je ne déteste pas… » avant de se confier sur son triste amour.

– Mais, chère Hélène, que dois-je faire ? Vous êtes une femme... Qu'est-ce qu'une femme aime par-dessus tout ? Je n'y entends rien.

Elle s'y connaît, Hélène, en triste amour.

Et sur le chemin du métro qu'il prend après minuit à Pereire pour rentrer chez lui, les bras chargés d'un grand gâteau qu'il emporte pour faire plaisir à ses hôtes, Rousseau parle de Léonie, de la souffrance d'être vieux, de la mort prochaine. Puis, se ressaisissant soudain, il supplie ses amis d'inviter Léonie à dîner et de la convaincre de se marier avec lui !

Hélène se montre touchée de voir ce vieillard s'accrocher à un désir d'avenir, elle qui pendant si longtemps se l'est interdit. L'amour n'est pas aveugle, mais il rend aveugle, songe-t-elle en le regardant s'engouffrer dans le grand magasin un jour qu'elle l'y a déposé en voiture. Comment cet homme, à la démarche hésitante de celui qui sait que la mort l'attend, peut-il passer ses derniers instants de vie jeté aux pieds d'une femme hostile et soupçonneuse ? Lui qui, toute son existence, a rêvé de plantes mystérieuses, d'animaux sur le qui-vive et de femmes lascives, guette, à son crépuscule, la moindre tendresse, la plus petite des preuves d'amour, le sourire rendu d'une vendeuse glaciale. Mais au fond, Hélène admire cet amour tardif et vain. Il est le signe, selon elle, qu'il frappe partout, n'importe quand, telle la foudre en montagne l'été. Elle pense à Ardengo, et à celui qui viendra. Et à celui d'après encore. Que serait l'aventure d'une vie sans ces amours à répétition ? se demande-t-elle, devant l'enseigne lumineuse de l'Économie ménagère.

Quant à Serge, il apprécie la présence de Rousseau mais trouve son œuvre « fatigante », sans grand intérêt. S'il a acquis quelques dessins, il n'est pas persuadé du talent de son auteur. À l'inverse, Hélène demeure profondément marquée par *Le Rêve*, une immense toile de trois mètres sur deux que le peintre achève cet été-là. À peine Ardengo, de passage à Paris, l'a-t-il découverte qu'il reconnaît Hélène en Yadwiga, la femme nue mystérieusement allongée sur un canapé recouvert de velours d'Utrecht lie-de-vin, au milieu d'une jungle fleurie, sous le regard de deux félins éclairés par une lune pleine.

– Tu es désormais, pour cette vie et celle d'après, Yadwiga », décide Ardengo.

De ce jour, il ne cesse de l'appeler ainsi même s'il n'ignore point qu'elle ne fut pas en réalité le modèle de Rousseau.

– Maître, faites-moi un tableau aussi enchanteur que *Le Rêve*, aussi grand également, mais sans Yadwiga.

Hélène supplie. Rousseau, qui ne perd jamais le nord – il est pauvre, cela aide –, demande cent francs d'avance, les trois cents restants attendront la livraison. Hélène rêve de tigres les nuits suivantes. La cure prévue cet été à Ems tombe à l'eau : Jakov, vague amant, préfère rester en Suisse, ce qui arrange la baronne qui aime davantage Roncegno avec Serge. Au mois d'août, les malles sont prêtes. À leur retour, à la fin de l'été, Yadwiga sans Yadwiga serait sûrement terminé.

Mais le 6 septembre, Jakov fait parvenir un télégramme à Roncegno : « Rousseau est mort. »

La terrible nouvelle plonge Hélène et Serge dans un spleen auquel la brume estivale de la station du Trentin n'est pas étrangère. Ils apprennent que leur vieil ami a trépassé à l'hôpital Necker, seul, guettant la porte par laquelle il espéra jusqu'au bout voir Léonie apparaître. Le peintre, mélomane à ses heures, est jeté dans une fosse commune au cimetière de Bagneux. Sept personnes, dont Apollinaire, Robert et Sonia Delaunay, Brancusi et Paul Signac, composent le minuscule cortège funèbre. Point de Léonie, ce jour-là non plus.

Hélène se souvient de la dernière fois qu'elle l'a vu, c'était au mois de juillet. Elle l'avait regardé quitter la maison depuis le balcon, petit homme courbé, comme perdu dans cet immense boulevard, qui filait vers l'Économie ménagère où personne ne l'attendait. Elle était attendrie par ces innombrables images de l'amour que ce vieil homme pressant le pas semblait quêter.

Il ne marcherait plus, n'espérerait plus personne, ne regarderait plus le petit calendrier coloré. Rousseau est mort, il n'y a rien à y faire. De retour du triste cimetière de Bagneux, Hélène fait un crochet par la rue Perrel. Alors qu'elle recule de quelques pas pour prendre la mesure de l'atelier, une vieille femme s'approche et commence à lui parler de Rousseau, sans savoir qu'Hélène l'a si bien connu.

– Oh, ce fut un sacré bougre, il y en avait des femmes qui entraient par là, vous savez... Avec sa drôle de trogne et sa grosse moustache, j'ai jamais su ce qu'elles lui trouvaient, peut-être il avait des talents cachés au lit, qui sait... Et ces soirées bizarres avec de soi-disant artistes, pouah, et je ne vous parle pas de l'alcool, c'était un alcoolique, il en est mort ! Tout son argent y passait, il n'avait pas un seul drap, rien, rien qu'un canapé rouge tout usé, je sais, je l'ai vu une fois, c'était ouvert, alors j'ai reluqué, y'a pas de mal, hein, madame ?

De retour à la maison, Hélène éclate en sanglots : Bob le chien semble chercher l'homme qui savait lui parler.

C'était la fin, elle en a connu tant. Une liste, une de plus :

Ce que je ne pourrai plus jamais découvrir...

- *Le dos voûté d'un vieil homme perdu par l'amour dérivant sur un boulevard parisien.*

Bien qu'il n'aime guère son œuvre, Serge fait ce qu'Hélène désire : il va trouver le grand marchand Ambroise Vollard qui possède de nombreuses toiles du Douanier Rousseau. La négociation est âpre. Le vendeur sait le trésor en sa possession. Mais à force d'arguments mêlant argent et sentiments, Serge parvient à acquérir pour lui et sa « sœur » six tableaux, dont *La Noce*, *Le Baptême* et *Le Passé et le Présent* qu'Hélène aime plus que tout. Elle l'avait vu dans l'atelier. Rousseau lui avait appris que le thème était autobiographique, qu'il s'était représenté en habit du dimanche avec sa seconde épouse. Et au-dessus de chacun d'eux, dans les nuages, les deux visages étaient ceux de l'amour. Le baron d'Oettingen, Ardengo Soffici et bientôt d'autres, dans les nuages, veilleraient sur elle, et en échange, elle ne les oublierait pas, juré. Le tableau trouve sa place dans la chambre d'Hélène, comme une promesse à jamais tenue.

Elle est surprise d'être à ce point émue. Après tout, elle n'a connu Rousseau que quelques semaines. Il a dû frapper quelque part, au niveau du cœur.

Remy de Gourmont

La disparition du peintre correspond à une période d'intense activité pour Hélène. Sans savoir si tout est lié, elle veut écrire, peindre et faire l'amour, dans cet ordre ou dans un autre. Mais il se trouve que c'est dans cet ordre que les choses se font.

Dans un recoin sombre de la Closerie des Lilas, loin de la frénésie du boulevard, elle rencontre régulièrement un monstre. Serge, bien sûr, a organisé la rencontre. L'homme préfère l'obscurité qui masque ses traits. Le lupus tuberculeux l'a défiguré au début des années 1890, si bien qu'il passe le plus clair de son temps reclus dans son appartement de la rue des Saints-Pères où il reçoit régulièrement quelques amis lettrés triés sur le volet. Remy de Gourmont est l'une des plus célèbres plumes de son temps. Ses chroniques consacrées à l'actualité de l'époque, intitulées *Épilogues* et publiées dans *Le Mercure de France* auquel son nom est attaché, lui valent depuis des années l'admiration des uns et la haine des autres. Mais tous s'accordent pour lui reconnaître une écriture magnifique, quelque chose de la grandeur de la langue française. L'homme qu'Hélène rencontre est exalté. Il vient de faire la connaissance d'une poétesse américaine dont il s'est follement épris malgré la préférence de cette dernière pour les femmes. Cet amour impossible plaît à Hélène qui passe de nombreuses heures à écouter Remy de Gourmont lui parler de la sublime et libre Natalie Clifford Barney qu'il appelle « l'Amazone ». Quand, par un amour impossible, le regard illumine un visage défiguré, Hélène y lit à nouveau la force du sentiment.

– Ce n'est pas si mal, Hélène, dit enfin l'auteur en levant les yeux du texte que lui a apporté la baronne.

Elle l'aurait embrassé tant elle est heureuse. En quelques mots, il fait d'elle, peut-être, une écrivaine. De ces « peut-être » qui sont des promesses. Puis il lui tend un petit papier sur lequel est inscrit un nom.

– Allez voir cet homme, il est professeur de français, il vous aidera.

Elle s'exécute.

Une à deux fois par semaine, la voilà filant le cœur battant retrouver le vieux et malicieux professeur qui corrige patiemment ses textes et lui apprend quelques expressions françaises.

– Hélène, vous faites des progrès. La construction est parfois bancale et le verbe trahit vos origines étrangères.

Mais cela donne un certain charme à l'ensemble... Et surtout...

– Surtout ?

– Surtout, il vous ressemble. Il vous est propre. Cette petite musique, avec ses délicieuses fausses notes, est la vôtre.

Durant des mois, Hélène travaille d'arrache-pied à une nouvelle qu'elle intitule *Venise*.

Elle décrit :

« L'heure quand l'étranger a fini son déjeuner et fumé la moitié de son cigare, que le chant et la musique se font entendre : un bateau, illuminé de toutes les couleurs, traverse le Grand Canal : c'est l'acte d'invitation pour ceux qui cherchent à être "vénitiens" : le moment où l'on peut difficilement trouver une gondole. C'est la pleine lune. »

Elle raconte merveilleusement :

« Le ciel qui plonge dans les eaux, serein et magique ; les étoiles pâlissent sous le voile d'argent de l'astre fleuri ; de loin, le Grand Canal scintille, de l'autre côté, le Lido : on a l'impression d'être au milieu de la mer. Les gondoles rugissent, se pressent, courent vers la sérénade, elles tentent d'envelopper le bateau chanteur en demi-cercle. Toutes alignées, se touchant de leurs flancs, un collier de cygnes noirs, pouliches véloces berçant chaque mouvement des vagues endormies. Le public se tient aussi calmement qu'au premier rang du théâtre, et les gondoles se ressemblent étrangement. »

Sous sa plume pointe toujours la nostalgie d'un monde qui disparaît, englouti dans la modernité. Hélène écrit, avec fièvre :

« Au fond, la gondole a terminé sa carrière. Le bateau à vapeur la fait vaciller douloureusement, le canot à moteur encore plus. Les promenades nocturnes enchanteresses ne sont pas sans ennui ni danger. »

Quand enfin le texte est prêt, pleine d'ambition, Hélène l'envoie à Ardengo pour qu'il le traduise en italien et le fasse paraître dans *La Voce*, une revue florentine qu'a lancée Giuseppe Prezzolini en 1908 et à laquelle il participe régulièrement. Elle veut lui montrer qu'elle est devenue celle qu'elle rêvait d'être. Qu'il soit fier d'elle.

Féminin / Masculin

Nul ne sait quand ce changement est survenu, ni ce qui l'a provoqué. Est-ce la promesse d'une nouvelle décennie, la découverte de l'écriture qui lui ouvre un monde imaginaire infini, les noms poétiques qui flottent dans sa tête – Max Jacob, Guillaume Apollinaire, Yadwiga… ? Ou bien tous ces possibles désirés ?

Toujours est-il qu'Hélène se découvre engoncée dans son corps de femme. Elle réalise qu'elle porte en elle ce qu'elle se met à appeler « deux éléments opposés, masculin et féminin ». Que la femme qu'elle a été jusqu'à l'aube de ses quarante ans s'est bêtement empêchée d'un élargissement de son âme dont le conformisme social l'avait privée. Pourquoi ne pas être homme un jour, et femme le lendemain ? Pourquoi s'interdire lorsqu'il suffit de décider ?

Elle insiste auprès d'Ardengo pour qu'il indique le nom « Roch Grey » au bas de *Venise*. Hélène l'a emprunté à Melville dans l'introduction de *Moby Dick* :

« Et toute chose quelle qu'elle soit, venant à s'approcher du gouffre de la gueule de ce monstre, bête, navire ou roc, sombre tout aussitôt dans son gosier horrible et périt dans l'antre sans fond de sa panse. »

Elle serait donc Roch Grey, ce monstre indéfinissable qui engloutit, s'empiffre, se repaît de tout ce qui passe et qui vit. Elle serait Roch Grey, un homme de dix ans plus jeune qu'elle, lorsqu'elle écrirait de la prose. Roch Grey aussi quand elle voudrait sortir travesti(e) sur les boulevards, quand ça lui chanterait, quand ça l'enchanterait.

« Je vous embrasse et prie de suivre mon désir. Mon pseudonyme m'est venu comme une inspiration. Je me nomme Roch Grey, il faut prononcer Rok Grey. Je vous embrasse encore », écrit-elle à Ardengo.

Face à Serge, le même jour, elle surgit dans le salon, à moitié nue, femme parmi les femmes. Elle rugit, théâtrale et habitée :

– Je suis Roch et sur cette Roch je bâtirai mon œuvre.

Le soir, elle se plante devant son miroir, ses yeux dans ses yeux, et chuchote « Roch Grey », tant de fois que le nom perd tout lien au réel, il devient un mantra, une expérience méditative qui la plonge dans une transe profonde, laquelle, elle se le dit ensuite, achève de faire naître cet autre lui en elle.

Quelle aurait été ma vie…

- Si je n'avais pas rencontré Ardengo.
- Si je n'avais pas rencontré Remy de Gourmont.

- *Si je n'avais pas rencontré mon élément masculin.*
- *Si je n'avais pas rencontré Roch Grey, Roch Grey, Roch Grey, Roch Grey..., etc.*

Rafale

Le premier numéro d'une nouvelle revue littéraire et artistique, *Les Soirées de Paris*, sort en février 1912. André Billy, André Salmon, René Dalize, André Tudesq et quelques autres formant un comité d'amis d'Apollinaire en ont eu l'idée pour sortir le poète de sa torpeur. En cause : le fâcheux épisode du vol de trois statuettes phéniciennes dérobées au Louvre par son secrétaire Géry Pieret. Accusé de recel, Apollinaire avait passé six jours et six nuits à la prison de la Santé en septembre 1911. Les journalistes et les artistes s'étaient mobilisés pour l'un des leurs alors que les antisémites y voyaient la preuve de la corruption innée des Juifs. Apollinaire apprit de tout cela que non seulement on le pensait, à tort, juif, mais qu'il demeurait pour une partie de ses contemporains à jamais un étranger.

Libéré mais passablement déprimé, et quitté, une fois encore, par Marie Laurencin, Apollinaire fait tant de peine à ses amis qu'ils décident, donc, de lui créer un passe-temps pour le désennuyer. C'est ainsi que naissent *Les Soirées de Paris*. La revue accueille dès son premier numéro *Le Pont Mirabeau*, la chanson triste d'une longue liaison brisée que, Marie en tête, Apollinaire a composée.

L'ensemble de ce numéro est hétéroclite, collage d'articles qui n'ont que l'amitié en partage, ce qui est déjà beaucoup. Le poète y développe sa théorie de la peinture moderne, où « le sujet ne compte plus ou s'il compte, c'est à peine ». Le sixième numéro de la revue accueille une courte nouvelle d'Hélène, sous le nom de Roch Grey. La baronne est déjà liée au poète par une amitié récente et puissante qui lui a ouvert les portes des *Soirées de Paris*. Elle l'a croisé peu de temps avant au cirque Medrano, non loin de l'atelier de Picasso. Apollinaire a été subjugué par le charme sensuel qu'Hélène dégage, tant et si bien qu'à peine rentré chez lui, il a écrit à Soffici qu'il a rencontré « une dame qui vous connaît bien », espérant ainsi obtenir non son assentiment, il savait que les deux amants avaient rompu depuis bien longtemps déjà, mais un moyen d'entrer dans l'intimité de la baronne. Une semaine plus tard, Soffici adresse à Apollinaire la réponse qu'il espérait :

« La dame que vous avez connue m'avait dit qu'elle vous avait vu chez elle. Elle est une femme magnifique mais il faut bien la connaître. À Paris, je vous mettrai tout à fait dans l'intimité si vous voulez. »

Apollinaire a souri en lisant ces mots. Soffici l'aime encore, c'est évident. Pourquoi sinon aurait-il précisé qu'il savait qu'Hélène l'avait déjà reçu chez elle ?

La jalousie de l'Italien n'a pas lieu d'être car Hélène

intrigue plus Apollinaire qu'elle ne l'attire. Le fait qu'ils viennent d'un même monde, cette Pologne lointaine, désormais inaccessible, d'une enfance mystérieuse, de celles qu'on ne confie qu'à ceux qui l'ont vécue, et cet amour sans limite de Paris, cette ambition folle de lui appartenir, tout cela, en peu de mots échangés, a scellé presque immédiatement l'attachement éternel de ces deux êtres. Issus d'un monde disparu qu'ils ne peuvent oublier, ils sont animés, sans s'en rendre compte, d'un devoir de mémoire.

– Si vous le désirez, je placerai ce que vous voudrez dans *Les Soirées de Paris*…

Apollinaire a chuchoté ces mots pour leur donner plus de poids. C'est une promesse faite les yeux dans les yeux, dans un coin du salon de la maison du boulevard Berthier où, sans faire partie des convives habituels, il se rend désormais régulièrement.

– Mais, Guillaume, je ne sais pas si je saurai… La langue, vous savez, je ne suis pas sûre d'en être capable… Pleine de fausse modestie, Hélène !

– Je vous le répète, vous décidez. Je vous écoute, je vous entends parler. Vos mots portés à l'écrit, je le sais, sonneraient superbement dans *Les Soirées de Paris*.

Hélène s'empresse de demander conseil à Soffici. Évidemment, il faut saisir cette chance.

La courte nouvelle d'Hélène paraît dans *Les Soirées de Paris* sous le beau titre de *Rafale*. C'est un texte nerveux qui contient en lui toutes les angoisses de son autrice. Il y est question de ruines vers lesquelles elle fonce, d'une voiture qui file à tombeau ouvert. D'un inévitable accident. Hélène règle leurs comptes aux futuristes.

Comme Apollinaire, elle les a en horreur. Ils sont à la mode. On se les arrache, cette poignée d'Italiens bien mis et mal élevés dont Filippo Marinetti est le chef de file. Ils écrivent des textes et peignent des tableaux. Ils veulent en finir avec les sujets. Seul le mouvement les attire. Ils se disent modernes et regardent avec dédain tous ceux qui osent les critiquer. Ils entendent faire du passé table rase, ne jurent que par la vitesse et par demain. C'est le privilège de ceux qui n'ont pas grandi dans un monde englouti par le temps qui passe. Il faut n'avoir jamais vraiment souffert pour imaginer pouvoir vivre sans nostalgie. Serge, qui les déteste autant qu'Hélène et Apollinaire, les appelle les « fouturistes » et leur conseille de se lancer dans la production de pâtes plutôt que de se dire artistes. Ils semblent ignorer, les pauvres idiots, que viendrait un jour où leur futur deviendrait ruine, que les touristes s'arrêteraient dans les musées devant leurs œuvres, signes d'un passé qu'ils haïssaient, et que leurs constructions – parce qu'il y avait des futuristes même parmi les architectes – seraient colonisées par les plantes sauvages et parcourues des fissures du temps. Les imbéciles malheureux ! Apollinaire les sauve parfois parce que l'amour de la transgression lui fait porter un regard tendre et acéré sur tous ceux qui tentent d'imaginer quelque chose de neuf. Mais il n'est pas dupe de la supercherie intellectuelle qu'ils masquent derrière leur hurlante modernité. Apollinaire ne peut tout leur pardonner. Alors il rigole avec Hélène et Serge en les évoquant, eux et leur cortège de fidèles sérieux.

Un été boulevard Berthier

Le poète passe l'essentiel de l'été 1912 seul ou presque boulevard Berthier.

Ce qui a précipité sa décision de quitter son appartement est une conversation avec Hélène :

– Mon cher Guillaume…

Hélène hésite sur le ton à utiliser.

– J'ai un message à vous faire passer, un message de Marie…

Apollinaire se crispe en entendant le prénom de celle qu'il aime et qui le fait tant souffrir.

– Elle me charge de vous dire… qu'elle, qu'elle…

Elle ne le tutoie pas encore. Et puis elle se lance :

– Qu'elle ne vous aime plus.

Apollinaire commence à palpiter. Hélène poursuit :

– Elle désire que vous cessiez de lui écrire et de chercher à la reconquérir. Et elle me demande de vous dire aussi…

Elle reprend sa respiration.

– …qu'elle s'est amourachée d'un Allemand répondant au nom de Thankmar von Münchhausen.

C'est un coup de poignard qu'il vient de recevoir.

Apollinaire se relève avec peine et, sans un mot, prend sa redingote et, titubant presque, marmonne à Hélène qu'il ne peut pas rester seul dans son appartement, qu'il doit la suivre n'importe où mais ailleurs. Hélène lui offre son bras et n'a d'autre choix que de lui proposer de passer le temps qu'il désire dans la villa du boulevard Berthier.

Mais la pitié qu'il lui inspire masque mal la réalité des sentiments qui l'animent : au fond, Hélène jouit de la situation. Elle déteste depuis longtemps Marie qu'elle juge perverse avec Apollinaire. Et elle ne comprend pas l'état dans lequel il se trouve. Pourquoi rompre ? Pourquoi ainsi ? Quelle folie ! Hélène ne connaît pas les chagrins d'amour. Peut-être n'a-t-elle jamais suffisamment aimé pour les éprouver ? L'idée ne lui est jamais venue. Elle n'a pas le goût des ruptures romanesques, des larmes écrasées sur les touches d'un piano qui font résonner des *Nocturnes* de Chopin. Les hommes qui l'ont aimée, plus ou moins longtemps, plus ou moins intensément, doivent continuer à l'aimer. Ainsi, ils l'emporteront avec eux. Elle serait dans quelques campagnes toscanes, quelques plaines polonaises, quelques vallées de Savoie. Un voyage immobile dans le cœur des hommes dont elle connaît les failles. Telle une alchimiste de génie, elle sait jouer des silences et des mots pour ne pas éloigner mais maintenir les éconduits à bonne distance pour qu'ils n'abandonnent pas leur amour. Un amant d'un soir ; le fiancé d'une amie, séduit après quelques dîners ; un ancien amour ; tous entretenus comme une mécanique usée, avec ce qu'il faut d'attention aux détails pour ne pas risquer l'irréparable panne, l'oubli pour toujours, la disparition des ruines mêmes. Il en faut du talent pour maintenir un peu de braises dans des cœurs éloignés. C'est un art dont elle ignore l'origine. Un don peut-être. Elle embrasse soudainement Soffici au bas d'une lettre après de longues semaines sans un signe de sa part. Ce « je t'embrasse » réactive *ipso facto* les sentiments que l'ancien amant pensait disparus à jamais. Hélène tient un fil invisible qu'elle veille à ne surtout pas casser. Un fil invisible qui lui assure la vie éternelle.

Mais de tout cela, Marie n'en a cure. Elle brise le cœur d'un homme, comme une branche séchée par un été sans pluie. Elle ne se rend même pas compte, pauvre fille, qu'une fois le chagrin passé, elle disparaîtra purement et simplement, ou si elle doit survivre, ce ne sera que sur le mode de la nostalgie ou du ressentiment, plus de l'amour. Pour Hélène, il est insupportable et incompréhensible de se suicider ainsi, d'organiser sa propre disparition. Elle en nourrit un véritable dégoût pour l'ancienne amante d'Apollinaire. Au fond, Marie se comporte comme ces futuristes de malheur : elle ne s'embarrasse pas du passé et ne rêve que d'effacer les ruines. C'est en tout cas ainsi qu'Hélène se la figure.

Hélène et Serge, qui voguent, tantôt ensemble, tantôt séparés, entre l'Italie, la Côte d'Azur et les Alpes, proposent à leur ami de se reposer de cet impossible amour qui lui brûle l'âme. Pour tous les autres, Apollinaire a disparu. On s'inquiète des lettres qu'on lui adresse, restées mystérieusement sans réponse. On chuchote dans les dîners : « Où est Apollinaire ? A-t-il sombré dans la déprime, ou pire, la dépression ? »

Boulevard Berthier, l'amant d'Hélène, l'ingénieur Jakov, doit s'occuper de l'intendance : des draps propres et de quoi se nourrir. Le Russe est aux ordres de sa maîtresse à qui il ne peut rien refuser tant il s'étonne à chaque instant qu'une femme comme elle désire un homme comme lui. Hélène ne supportant pas l'absence d'un homme, leur relation s'est nouée au moment du départ définitif de Soffici en Italie. Elle le sonne quand elle a besoin de lui, en sa qualité de médecin rarement, d'amant parfois, d'ami souvent. Curieusement, Jakov est toujours de bonne humeur, parle russe et passe de longues heures à écouter Hélène deviser sur l'art moderne, la poésie ou l'amour. Il arrive que, sans crier gare, elle se déshabille. Jakov doit alors s'exécuter. Il est son fidèle soldat et Hélène l'aime pour cela. Elle ne projette rien de cette histoire qui, au fond, n'en est pas vraiment une. C'est quelque chose comme un passe-temps agréable. En revanche, Jakov tremble à l'idée de la perdre. Alors, malgré les nombreux amants qu'elle cache à peine, il répond, le petit doigt sur la couture, à toute demande d'Hélène. C'est ainsi que cette curieuse relation dure depuis plusieurs années. Alors quand elle lui demande de veiller à ce que les draps et les serviettes de bain d'Apollinaire soient bien propres, il s'exécute avec plaisir. Outre le linge, Jakov doit s'assurer que le poète dispose toujours d'une quantité suffisante de bromure pour l'apaiser.

Parmi les proches du poète, seul Marc Brésil, son ami depuis le lycée à Nice, sait où Apollinaire réside. Pendant les mois de juillet, d'août et une moitié de septembre qu'il passe boulevard Berthier, le journaliste lui rend visite quotidiennement, vérifiant qu'il ne manque de rien et qu'il avance sur un roman. Il ne peut que constater l'asthénie dans laquelle la décision de Marie l'a laissé. Apollinaire traîne en tenue d'intérieur, plongé dans de sombres pensées, incapable d'écrire, si ce n'est quelque poème qui traduit au moins autant que son allure son état d'esprit.

Depuis un établissement thermal de Saint-Gervais où elle est à nouveau en cure, Hélène s'inquiète des silences de son ami. Elle lui écrit une longue lettre dans laquelle elle lui avoue son « cœur presque vide » et son « corps si impatient d'aimer », son « dégoût de la réalité », elle qui « rêvait d'amours tellement extraordinaires ». C'est la lettre d'une femme résignée à ne plus aimer et à ne plus être aimée. Un moment de faiblesse, sans doute, car pouvait-elle en son for intérieur douter que bientôt reviendraient les délices des peaux qui se découvrent et les troublants plaisirs des adieux ?

« Pourquoi ne pas faire comme moi ? »

Dans cette lettre, Hélène invite son ami à oublier, à laisser les rêves à leur place, à guérir de cet amour impossible. Elle s'agace de savoir le poète seul et morfondu dans son peignoir de soie. Elle écrit :

« C'est presque idiot. Seriez-vous médiocre par hasard ? Car si cela continue, je commencerai à le soupçonner. »

Elle refuse la faiblesse de l'âme. Avancer, il faut avancer. Que faire sinon avancer ? Alors, pour l'aider, elle se met à critiquer Marie, « ses mouvements, ses dents, ses ruades et sa peau huileuse ». Il ne peut gâcher son talent pour une femme pareille. Il lui faut accepter le sacrifice et le courage de la solitude, de vivre avec lui-même, d'affronter la violente et douce mélancolie de celui qui mange seul, se promène seul, se couche seul et se réveille seul. Elle a éprouvé tout ceci. Les amours d'un instant comblent les besoins de son corps. Ils durent assez pour la faire voyager dans l'esprit des hommes, longtemps après qu'elle ne s'offre plus à eux, mais jamais suffisamment pour la faire souffrir et c'est bien ainsi. C'est du moins la fable qu'elle se raconte. Car réciter des poèmes à moitié nue après l'amour, elle y repense souvent. Caresser les cheveux noirs d'Ardengo sans même s'en rendre compte, aussi. Et se glisser entre ses cuisses. Mais ce qui lui manque le plus, au fond, ce sont les ruines des sentiments passés. Ce sublime malheur érigé à l'ombre d'un amour fini. Sans se l'avouer, elle envie Apollinaire et sa tristesse qui la renvoie à l'éloignement d'un monument d'amour.

La Baule Apollinaire

La Villa Printania est l'une de ces nombreuses nouvelles maisons à colombages que le XXe siècle a vues naître sur la côte ou, comme c'est le cas ici, juste en retrait de celle-ci, à La Baule, dans le quartier de Saint-Clair. L'absence de rues clairement délimitées perturbe le voyageur qui arrive par le train en cet après-midi du 21 août 1913. Malgré la chaleur qui s'abat déjà sur Paris, il a embarqué huit heures plus tôt à la gare d'Orsay vêtu d'un grand manteau comme il l'aurait fait un matin frais d'automne. Harassé par le soleil rasant qui perce à travers les pins et qui lui cogne la nuque, l'homme marche avec difficulté dans le sable charrié par le vent jusqu'à l'intérieur de la ville. Hélène et Serge se regardent et n'ont nul besoin d'échanger le moindre mot pour partager un même sentiment : Guillaume Apollinaire va mal.

En fidèles amis, ils n'ignorent rien de l'origine de ses tourments. Pauline Laurencin est morte deux mois plus tôt dans une brume de folie et de désespoir, a dit sa fille, Marie. La disparition de celle qui avait tant repoussé toute idée de mariage avec Apollinaire a ravivé l'espoir d'une union. Après le deuil, songe le poète, il demandera la main de Marie, et toute la tristesse se dissipera. Et la brume aussi. Les yeux de Marie sont ses alcools, et sa voix l'enivre telle une eau-de-vie. Mais Apollinaire s'illusionne. Elle ne l'aime plus assez. En Normandie, ils ont marché longuement, et se sont arrêtés là où Léopoldine Hugo s'est noyée. Marie a fixé si longtemps l'eau qu'elle a eu l'impression d'y deviner les gestes de la jeune fille qui s'y débattait. Mais ce n'était que son reflet. Après le déjeuner, ils sont passés à Yvetot, où Apollinaire a chanté du Béranger et n'a cessé de rire, comme pour tromper l'évidence du désamour.

Dans la villa de La Baule, le poète s'installe dans une chambre indépendante. Il y a un petit bureau. Il pourra écrire si le cœur lui en dit. Ça lui ferait du bien, s'est imaginé Hélène. Il serait bien ici : par la fenêtre, la mer n'étant pas loin, l'air est un peu plus frais que de l'autre côté, sur le jardin arboré. Mais pour ne pas lui faire trop de peine, Hélène n'ose lui dire qu'il ouvre sur le Bois d'Amour.

À peine leur invité est-il arrivé qu'Hélène et Serge se demandent s'ils ont bien fait de l'attirer, lui et son malheur qu'il traîne comme on traîne une lourde valise qui contiendrait les plus précieux trésors. Les embruns chasseront ses tourments, se dit Hélène qui s'étonne elle-même de l'effet que la présence d'un plus malheureux qu'elle produit sur son propre caractère. C'est une chose souvent observée que cette mécanique des âmes. Voici qu'elle devient volontaire, optimiste et prête à tout pour sauver son ami. Elle surveille avec angoisse le flux de la mer, des marais qui peut à tout instant engloutir l'inspiration créatrice d'Apollinaire. Elle écoute à sa porte : écrit-il ? Mais il faut se rendre à l'évidence : il est incapable d'achever le manuscrit de la pièce qu'il a emporté. Il n'écrit que des poèmes pour Marie.

> « C'est toi mon souvenir et c'est toi ma richesse
> Tes cheveux sont ma vigne et tes pieds mon haras
> Mon dernier souffle encor toi seule tu l'auras… »

Hélène se désole. Le génie du poète se nourrit de son immense chagrin. Il se noie dans les vagues meurtrières qui s'échouent non loin sur la grève.

Il faut prendre l'air.

Un matin, le ciel est clair, Hélène embarque tout le monde pour une virée. Elle glisse ses bras sous ceux de Serge et de Guillaume, et d'un bon pas, les trois compagnons s'éloignent de la villa en direction de la presqu'île du Croisic. Apollinaire, qui n'a jamais vu l'océan de sa vie, retrouve avec plaisir les scintillements de cette Méditerranée qu'il aime tant, l'immensité en plus. Dans le petit train à vapeur qui les conduit vers Batz et ses paludiers, Hélène jette de furtifs regards à Apollinaire pour s'assurer que les tourments fuient bien son visage. Il ne parle pas beaucoup mais semble apaisé, soulagé par le défilé du paysage qui l'empêche de fixer sa pensée sur son amour perdu.

Apollinaire s'anime enfin à Guérande où ils font une halte à l'heure du déjeuner :

– Mon Dieu, mais nous sommes dans les paysages de Béatrix !

Sa passion pour Balzac emporte tout sur son passage. Il cite le roman de mémoire :

– Voici donc cette ville qui « produit sur l'âme l'effet que produit un calmant sur le corps, elle est silencieuse autant que Venise »...

Hélène se raidit. Venise, soudain, dans ce paysage breton traditionnel. Mais à peine son esprit s'est-il mis à divaguer vers quelque canal qu'Apollinaire, de sa voix forte, la ramène au présent. Le poète marche désormais d'un bon pas et au-devant. Revigoré, il commente chaque maison et chaque ruelle qui lui rappelle le passionné héros balzacien Calyste du Guénic. L'imagination d'Apollinaire est débordante. Il comble chaque interstice d'une histoire de son cru, brossant tel habitant imaginaire vivant dans telle bâtisse tout en rêvant d'une voisine qui n'en pince que pour son beau-frère. Tous rient de bon cœur. Hélène, qui a lu *Béatrix* pendant l'une de ses profondes dépressions dans l'hôtel particulier du boulevard Berthier, se sent si proche de Félicité des Touches, la femme libre et moderne à laquelle s'attache Calyste, qu'elle s'en est fait un modèle. Comme elle, elle attire les hommes, en tire son plaisir, puis, ainsi qu'elle le fit avec Ardengo, les jette dans les pattes d'autres femmes, non pour s'en débarrasser, mais parce qu'elle les imagine plus heureux loin d'elle. Comme Félicité, aussi, elle s'est choisi un autre nom, d'homme, pour créer. Mais elle est aussi Béatrix, capable de s'emporter par passion, de se donner absolument, sans égard pour les conventions qui appauvrissent les âmes et détruisent les sentiments véritables. Au fond, et Hélène y songe en longeant les lourdes murailles de Guérande, elle est ces deux femmes-là, à la fois ou successivement, elle ne sait le dire. Mais puisqu'elle est Félicité et Béatrix, elle se demande qui serait son Calyste, amoureux des deux, d'une image pour l'une, d'un tout pour l'autre.

Le retour à La Baule est silencieux. Le vent chaud du mois d'août et les kilomètres avalés ont eu raison de leur résistance. Dans le petit train qui les ramène, Serge griffonne quelques formes abstraites sur son calepin tandis qu'Hélène et Guillaume somnolent mollement.

Les jours suivants, le trio se disloque. Les deux hommes s'adorent et occupent leurs journées à la plage à s'amuser de la vie des baigneurs, laissant Hélène seule à la villa où elle passe l'essentiel de son temps au soleil. Le soir, Serge et Guillaume ne font qu'une courte halte à la villa en fin d'après-midi le temps de se changer et de réapparaître sur la grève, élégamment vêtus d'un costume, afin d'y séduire quelque belle locale impressionnée par le verbe de ces messieurs de Paris. Il n'est pas rare, cette semaine-là, qu'Hélène se réveille seule le matin dans la grande villa… La solitude ne lui pèse pas.

Elle est habituée. Serge lui a déjà volé Ardengo. Et puis, elle est heureuse : même s'il n'écrit pas, Guillaume semble moins taciturne qu'à son arrivée. Le grand air et le soleil lui font bon effet. Hélène, quant à elle, rumine sur la terrasse de la villa. « Sous quelle signature présenter mes poèmes ? » telle est la question qui la hante. Roch Grey est le romancier, qui sera le poète ? Elle pressent qu'elle ne pourra rien écrire tant qu'elle n'aura pas trouvé sa nouvelle identité. Un nouveau nom à inventer, et le temps presse. Une revue l'accueillerait d'autant plus certainement qu'elle en serait en partie la propriétaire.

Racheter *Les Soirées de Paris*…

Tel est l'enjeu véritable de cette semaine à La Baule.

Commencer sa vie

Apollinaire s'apprête à rentrer à Paris pour être, son chapeau canotier vissé sur son visage hilare, aux côtés de Marinetti, le témoin de mariage de Gino Severini, un peintre futuriste italien qui va s'unir à Jeanne, la fille de Paul Fort. Hélène bout. Il faut parler des *Soirées de Paris* tant qu'Apollinaire est encore avec eux à La Baule. Demain, il sera trop tard, et peut-être sa vie sera gâchée à tout jamais. Elle en veut à Serge qui, tout à son amitié, semble avoir oublié l'essentiel et n'évoque jamais la revue…

Celle-ci est à la dérive, sa survie ne tient qu'à un fil. Les dettes s'accumulent, si bien que la publication s'est même interrompue à l'été 1913. Les amis qui ont lancé *Les Soirées de Paris* en février de l'année précédente se sont mis à se déchirer comme il arrive fréquemment quand les choses se compliquent. René Dalize reproche notamment à Apollinaire son penchant pour les cubistes à qui il consacre de nombreux textes. « Ce sont des peintres ignorants et prétentieux dont tu t'entoures parce qu'ils te flattent », lui a-t-il hurlé au visage un jour, avant de s'excuser le lendemain. Dans la tempête,

André Billy a racheté toutes les parts et a tenté de relancer la machine en recrutant de nouveaux collaborateurs, parmi lesquels un jeune homme qui rentre tout juste de Madagascar d'où il a rapporté quelques poèmes qu'il a lui-même traduits. Jean Paulhan est promis à un bel avenir d'auteur et d'éditeur, mais la mayonnaise ne prend pas. Apollinaire se détourne des *Soirées*, lui préférant *Montjoie !*, revue lancée en février, à l'étrange sous-titre « Organe de l'impérialisme artistique français », qui offre au poète un numéro spécial afin qu'il décrive les principales œuvres du XXIXe Salon des Indépendants.

Il ne reste plus beaucoup de temps à Hélène. Alors le dernier soir, après le dîner, à l'ombre des lauriers en fleur, Hélène évoque *Les Soirées de Paris*. Serge et Apollinaire opinent.

– Guillaume, cette revue est un trésor qu'il faut ressusciter, lâche Hélène pleine de détermination.

– N'exagérez pas, Hélène, elle n'est pas morte tout de même…, tente Apollinaire.

– Elle l'est ! Et vous le savez très bien !

L'enthousiasme d'Hélène est communicatif. Son accent de l'Est prend des allures de torrent dans ces moments-là. Elle tape du poing sur la table en métal blanc, faisant sursauter les verres et les couverts. Elle se lève aussi, s'exprimant comme les comédiennes de théâtre d'alors. Sur le fond, c'est de modernité qu'elle parle. De donner à lire la création d'un temps qui, selon elle, va durablement bouleverser le rapport au réel.

– Guillaume, vous êtes l'âme de cet instant unique de l'histoire de notre civilisation ! Nous levons les yeux vers vous et vous implorons de nous guider !

– Oui, oui, Hélène, mais je ne suis pas le seul…

Serge, comme envoûté par les mots de sa cousine, prend la balle au bond :

– Oui, et il faut des reproductions de tableaux, dans chaque numéro, et aussi des poèmes et des histoires…

Apollinaire à son tour s'engage dans la folle discussion, à sa manière, où chaque mot est pensé pour taper juste :

– Un jouet, oui, c'est cela. Un jouet… Un organe de rareté, voilà ce que doit être cette nouvelle revue !

Déchaînée parce que sentant le fruit mûrir, Hélène saute sur l'occasion :

– Mais oui, Guillaume, et cette nouvelle revue doit absolument porter le nom de l'ancienne. *Les Soirées de Paris*, quel nom merveilleux. Paris nous a tendu les bras, à tous les trois, Paris, nous te prenons dans les nôtres.

L'emphase d'Hélène, de même que l'alcool bu ce soir-là, fait son effet. Les trois amis s'embrassent comme d'autres se serrent les mains ou encore mélangent leur sang pour sceller un accord. Ils ne font plus qu'un.

Il arrive parfois qu'on ait la certitude que tout converge en un endroit et en un moment exacts, que le destin et le hasard se réconcilient en un point précis de l'espace-temps. Là, dans les étoffes de Serge et de Guillaume, coupée du vent qui souffle pourtant fort sur la terrasse, ses cheveux roux caressant les joues des deux hommes, jointe à eux par l'énergie de la création à venir, Hélène ressent l'intense certitude qu'elle vit l'un de ces instants qui fondent une existence. Le chemin a été long depuis les étangs de Pologne. Depuis les volutes adolescentes et les premiers émois amoureux. Même la merveilleuse crasse de la Ruche lui paraît désormais lointaine. Même la mort du vieux Rousseau. Du passé demeurent quelques belles ruines. D'autres viendront, plus majestueuses et tristes, comme ces vieilles pierres de la campagne de Roncegno. Elle les visitera plus tard, et saura les trésors qui jaillissent sous les herbes folles et les tas de pierres en apparence anarchiques.

– Quelle vie que la vie, tout de même ! soupire Hélène en se libérant de la longue accolade. Je reviens, attendez-moi, nous devons parler des détails, lâche-t-elle en courant à l'intérieur de la villa.

Le souffle court, elle s'empare d'une feuille et d'un stylo. Et pendant qu'elle entend au loin les deux hommes rire de bon cœur, elle écrit :

Ce que je ne pourrai plus jamais découvrir…

- Le sentiment de commencer ma vie.

229, boulevard Raspail

À bien des égards, le séjour à La Baule marque le début d'une nouvelle époque pour Hélène. Depuis plusieurs mois, outre la revue, elle ne pense qu'à son déménagement.

– Adieu Berthier, bonjour Raspail ! prend-elle l'habitude de lancer dans un grand rire aux derniers hôtes de la villa dans laquelle s'entassent déjà les cartons.

À la fin de l'été ou au début de l'automne, elle s'installera là où tout palpite, à quelques rues de Picasso, de Modigliani et des autres. Tout le monde vit là. Là, vit le monde. Les artistes qui comptent, et les autres, quittent Montmartre pour Montparnasse. Hélène aussi quittera sa parisienne province pour le centre du monde. La géographie lui portera chance, elle le sait.

Elle signe le bail de l'appartement du dernier étage du 229, boulevard Raspail le cœur battant. Serge a trouvé de son côté un atelier au rez-de-chaussée du 278. Ils pourront poursuivre leur curieux compagnonnage.

L'immeuble en pierres de taille si curieux enchante Hélène. Il vient d'être achevé par l'architecte Louis Suë. Il l'a conçu de telle sorte qu'il épargne soigneusement un bel acacia dont la taille majestueuse laisse à penser qu'il est là depuis bien longtemps. Selon la légende, l'arbre fut planté par Victor Hugo dans son enfance, et demeure l'un des derniers vestiges de la présence d'un immense jardin au XIXe siècle. Cette histoire confère au lieu une épaisseur littéraire à laquelle les habitants tiennent tant qu'ils n'ont aucune envie de la mettre en doute. Hélène raconte cette légende à Apollinaire qui la trouve si belle qu'il en fait presque immédiatement un calligramme.

Le grand atelier de cinquante mètres carrés et de six mètres sous plafond qui occupe toute une aile de l'appartement sera son palais. Elle se voit artiste inspirée et admirée de tous. Elle signera ses toiles, assurément des chefs-d'œuvre, d'un nom d'homme. « François Angiboult » lui vient comme vient un songe, sans raison apparente, d'une incompréhensible évidence. Hélène d'Oettingen, Roch Grey, François Angiboult et bientôt un autre pour ses poèmes. Elle n'est aucun d'eux et elle les est tous. Elle n'est pas plus baronne qu'homme. Pourtant, il lui suffit d'une pensée pour le devenir. C'est comme de naître à Venise ou de contempler l'acacia de Victor Hugo. N'est-ce pas le propre des artistes de s'inventer un monde réel ? Pourquoi se contenter des identités imposées par le sang ? Quel ennui que ces vies contraintes !

La femme-pyrogène

Les Soirées de Paris accaparent Hélène. C'est elle qui, en réalité, dirige la nouvelle revue. Elle va vite, dans l'urgence. Il faut absolument un premier numéro pour l'automne. Hélène peut compter sur l'aide d'un homme curieux dont le sourire permanent trahit le plaisir et l'honneur d'être au centre de la vie artistique et littéraire du moment. Le baron Mollet, qui n'est pas plus baron qu'elle n'est baronne, vit avec Apollinaire depuis quelques mois dans l'appartement du boulevard Saint-Germain où il lui sert de secrétaire, après avoir occupé nombre d'emplois alimentaires. Cherchant à se rendre utile, Jean Mollet a pris l'habitude de filtrer le flot de personnes qui viennent rendre visite à Apollinaire. D'un minuscule judas qui donne sur l'escalier depuis le grand couloir de l'appartement, le poète guette l'identité des visiteurs. Si ce sont des gêneurs, il se précipite, mais sans bruit, dans le fond de l'appartement et laisse au baron Mollet le soin d'annoncer au visiteur, la mine déconfite, l'absence du grand homme.

Un jour, un homme que Mollet ne connaît pas se présente au judas. Apollinaire qui rentre tout juste de

La Baule approche son œil et son visage s'éclaircit en un instant.

– Laisse-moi avec lui, c'est un ami !

Les deux hommes conversent un long moment dans le cabinet de travail du poète. Le baron Mollet a beau tendre l'oreille, il ne perçoit que des propos inaudibles. Après avoir raccompagné son mystérieux visiteur, Apollinaire retrouve Mollet et lui confie :

– Nous allons faire de grandes choses avec cet homme et sa sœur ! Ils sont russes !

– Ah, tiens, des Russes…

– L'homme que tu viens d'apercevoir a un drôle de nom, il s'appelle M. Le Hibou !

– Ah, tiens, M. Le Hibou…

– Et toi, mon cher baron, tu en sauras bientôt plus parce que je compte bien te donner un rôle dans cette nouvelle aventure !

– Ah, tiens, une aventure…

Serge devient bientôt un habitué des lieux, si bien que Mollet ose un jour lui demander l'explication du hibou. Un peu surpris, Serge en tente une en regardant du coin de l'œil Apollinaire, qui s'amuse beaucoup de la scène : son nom russe, Jastrebzoff, veut dire « hibou », annonce-t-il doctement. Serge n'a pas osé contredire Apollinaire. En réalité, son nom signifie « faucon », ce qui est tout de même plus flatteur, mais, convenons-en, moins drôle.

Le baron Mollet est nommé gérant de la nouvelle revue. Charge à lui de s'assurer que *Les Soirées de Paris* soient vendues et imprimées. C'est un rôle qu'il avait déjà endossé pour une autre revue d'Apollinaire, *Le Festin d'Ésope*. Il sait faire : obtenir au bout d'une nuit passée dans des bistrots des crédits d'amis plus ou moins fortunés, faire le tour des libraires pour les convaincre de prendre quelques exemplaires de la revue et entretenir partout où il le peut l'illusion que l'entreprise est florissante sachant pertinemment que la réussite est d'abord une affaire d'illusion.

Les milieux russes connaissent l'existence de l'Imprimerie Union qu'avaient fondée à la fin des années 1900 deux immigrés, Volf Chalit et Dimitri Snégaroff. Ils travaillent bien et pour ne rien gâcher ne sont pas chers. S'ils ont surtout jusqu'à présent imprimé des revues et des tracts politiques pour Lénine alors en exil à Paris, ils ont commencé à se diversifier en imprimant les collections littéraires d'un éditeur d'origine russe, lui aussi, Jacques Povolozky. Désormais, ils imprimeront *Les Soirées de Paris*, scellant l'avenir artistique de l'imprimerie.

En quelques semaines, le premier numéro sort des presses et une fête est organisée pour l'occasion chez Hélène et Serge, au 229 du boulevard Raspail, le jour de la sortie, le 15 novembre 1913.

– Vous ne pouvez pas manquer l'immeuble, il est construit en demi-cercle pour ne pas abîmer l'arbre de Hugo ! répète à l'envi Hélène aux invités.

Un immeuble ami des lettres à ce point, voilà qui ne peut qu'augurer d'une aventure exceptionnelle de l'esprit.

Dans le salon encore vide, Serge attend Hélène.

« Au fond, songe-t-il, cette revue, c'est pour elle. Pour lui donner une place. Sa place. Au cœur du monde. Vaincre le mal-être, les colères, la mélancolie. Tout ceci est pour elle. »

Puis, balayant du regard le grand salon qui va bientôt être le lieu de tant de rires et de discussions enflammées, Serge se dit que tout a été patiemment construit et mis à sa juste place, comme l'aurait fait le Grand Architecte de l'univers. Les tableaux du Douanier Rousseau, ceux de Picasso, de Braque, de Modigliani, et bientôt la sculpture d'Archipenko. Le souffle du monde nouveau est entré par les grandes fenêtres ouvertes du 229, boulevard Raspail. Lui, habituellement si discret, sent que son cœur s'emballe parce qu'il a le sentiment certain, très rare dans une vie où les instants les meilleurs comme les plus durs ne s'annoncent jamais, que quelques minutes plus tard le monde nouveau s'ordonnera ici, dans ce lieu, autour d'Hélène. Quiconque serait passé à ce moment-là dans le salon aurait trouvé ce petit homme en costume, seul et souriant. Il aurait ensuite été saisi par le changement soudain de l'expression de son visage, désormais fermé, presque triste sans en savoir la raison. Les convives ne verraient pas la carte de Pologne accrochée sur le mur à côté du bureau d'Hélène. Ils ne verraient pas non plus l'exemplaire fatigué à force d'être lu des *Ruines, ou Méditation sur les révolutions des empires* du comte de Volney et qui s'ouvre par ces mots qu'elle connaît par cœur :

« C'est que l'homme s'assied où la cendre de l'homme repose. »

Ils ne l'entendraient pas non plus faire ses gammes sur l'immense piano à queue en pensant chaque matin à sa mère. Voici ce qui assombrit Serge. Lui seul connaît ses tourments.

Ces pensées s'interrompent lorsque Hélène se montre enfin sur le seuil de sa chambre. Serge se ressaisit, il ne doit rien laisser paraître. L'heure est à la fête. Hélène est merveilleusement belle dans sa longue robe en tulle noir conçue par Paul Poiret. Elle lui colle tant à la peau qu'on croirait que le couturier l'a cousue directement sur elle. Tandis qu'elle s'avance, Serge note que le fourreau, ouvert sur le côté, laisse deviner la jambe qu'Hélène a gainée de bas de velours bleu. Il n'a rien vu de plus beau. Elle est incandescente, femme-pyrogène, prête à ouvrir sa porte au monde. Elle ne le sait pas encore, mais c'est le plus beau jour de sa vie. On ne le sait jamais. Et c'est très bien ainsi.

En un instant, le salon se peuple de jeunes gens qui parlent fort. De son œil curieux et malin, Max Jacob observe Hélène en qui il voit « une tige recourbée au-dessus de ses poulains ». Il est vrai que les hommes, dont quelques apollons, gravitent autour d'elle. Seul Picasso, suivi comme son ombre par Eva qui l'a adouci – ah, le miracle de l'amour véritable ! –, ne tourne pas en orbite autour d'Hélène. Même les futuristes, toujours en colère mais qu'il avait bien fallu inviter, jouent aux séducteurs. Ils débattent, hurlent même, pour impressionner la maîtresse de maison.

– Michel-Ange est emmerdant ! tonitrue Fernand Léger, certain de provoquer l'ire des Italiens qui, quoique futuristes, n'en sont pas moins d'ardents patriotes.

Le silencieux imprimeur Snégaroff à la tignasse de cosaque n'en perd pas une miette. Ardengo Soffici est là, parmi eux. Il aurait fallu être aveugle pour ne pas voir qu'il est encore fou d'amour pour Hélène. Il reste à distance, chat prudent, prêt à rappliquer au moindre coup d'œil, chien fidèle. Parmi ces Italiens, il en est un qui n'appartient pas à la bande des futuristes. Un vrai romantique celui-là, de ceux qui ignorent qu'ils le sont et qui ne jouent pas à l'être. Son atelier se trouve à deux pas. On le devine en un coup d'œil : il y a encore quelques instants, il travaillait à une toile. Les indices évidents : ses yeux encore pleins de sa création, ses ongles et son costume sombre usé par la pauvreté et la peinture. Malgré le vacarme de la soirée, il s'endort, avachi dans un fauteuil : le travail, l'alcool et le haschich ont eu raison de lui. Il est là sans être là, présent de son absence au monde. Amedeo Modigliani.

Hélène est la Michèle de Burne de Maupassant tant chaque homme semble vouloir la posséder et tant elle semble, elle, les repousser tout en veillant à ne pas les désespérer de l'aimer un jour. Son corps est à prendre. Quant à son cœur ? Peut-être appartient-il à Serge ?

Alexandre Archipenko, dont le cubisme avait un temps fait scandale et qu'on s'arrache désormais jusqu'à New York, est heureux de lui offrir sa dernière sculpture. Apollinaire qui vient d'arriver, en retard comme à son habitude, l'attrape alors par le bras :

– Cher ami, voulez-vous illustrer le deuxième numéro des *Soirées*... ?

Tout ceci enchante la baronne. Des fils invisibles partent d'elle pour relier peintres, poètes, écrivains et sculpteurs de sa galaxie. Hélène au centre du monde. Quant à Irène Lagut, eh bien quoi, elle ne va tout de même pas la chasser, la pauvre. La jeune peintre partage depuis peu l'atelier et le lit de Serge, suscitant la méfiance et la jalousie d'Hélène. D'autant plus qu'Irène, encore jeune de cette jeunesse qui commence à la fuir, rend les hommes fous de désir. Son histoire fascine tout le monde : à la sortie de l'adolescence, cette petite employée de poste passionnée de dessin avait été purement et simplement enlevée et conduite à Paris par le médecin de la famille pour son plaisir. Trimballée comme une proie, elle avait ensuite été envoyée en Russie par un richissime avocat de Saint-Pétersbourg qui avait vu en elle le sosie de sa fille suicidée. La grande vie et les vices des hommes qui se succédaient sous le regard bienveillant du père de substitution finirent par dégoûter Irène qui s'enfuit pour Montparnasse où elle trouva refuge dans un bar du boulevard Raspail. C'est là qu'elle rencontra Serge. Dieu sait qu'il fallut qu'elle l'aimât, Serge, pour qu'Hélène ne succombât pas au charme romanesque de l'histoire d'Irène. C'est tout ce qu'elle aime : la folie des hommes et le courage des femmes. Roulant exagérément les *r*, riant plus fort que de raison, elle ne cesse de jeter des regards furtifs vers le petit fauteuil où Irène, intimidée par tout ce somptueux aréopage bigarré et aviné, s'est recroquevillée. « Regarde ce qu'est une femme, regarde… », semble lui dire Hélène, mais ce n'est pas pour lui apprendre.

Il est tard. Les bouteilles de chianti ont été bues depuis longtemps par les Italiens. Les liqueurs, elles aussi, disparues. Les vins bon marché de chez Baty, envolés. Plus rien à manger non plus. Les domestiques n'ont plus grand-chose à servir. Les tartines de roastbeef, les oignons farcis, les petits-fours, engloutis. Sur les boulevards, les grands cafés et, malgré le froid de novembre, leurs immenses terrasses s'offrent aux fêtards qui ne sont jamais rassasiés. Dans un fracas immense, l'ascenseur n'étant bon que pour la montée et les sobres, ceux qui ne veulent pas encore dormir dévalent en riant les marches des escaliers.

Dans le silence retrouvé du grand salon, Hélène savoure son triomphe. Avant de se coucher, elle s'assoit à son bureau, puis renonce à l'idée d'une nouvelle liste. Il faut, au moins ce soir, regarder vers l'avant.

Hélène vit pleinement les mois suivants, sans la nostalgie qui, périodiquement, la clouait dans l'inaction. Elle n'a que la revue en tête, pour laquelle elle écrit des textes en prose sous le nom de Roch Grey et des poèmes sous celui de Léonard Pieux, qu'elle s'est choisi en mettant par hasard son doigt sur un mot dans le dictionnaire. Mais elle ne se contente pas de cela. Elle agit, bâtit le temple de la modernité. Le baron Mollet s'en rend rapidement compte : dans cette aventure, Serge n'est que le porte-parole de sa « sœur » qui est la véritable animatrice, directrice et commanditaire de la revue. Apollinaire n'est qu'à un pas, au 202 du boulevard Raspail ; Picasso encore plus près, au 242 ; Starosselsky, le photographe russe qui reproduit les œuvres d'art, est installé au 240 tandis que l'Imprimerie Union n'est guère plus loin, au 46, boulevard Saint-Jacques. Un village ! Le monde d'Hélène, un village ! L'avenir paraît sans limite, comme l'argent qui régulièrement arrive de Russie et permet à Hélène et Serge de vivre grand train et d'aider les artistes dans le besoin.

La vie est belle. Qu'elle soit longue ! songe Hélène en s'endormant cette nuit-là.

Rouge sang

Personne ne l'avait vue venir, la guerre. Le printemps 1914 en a encore pour un mois, et déjà, Montparnasse suffoque d'une chaleur qui préfigure un été étouffant. Après des débuts difficiles, *Les Soirées de Paris* tirent désormais à mille exemplaires, et surtout, sont devenues l'un des hauts lieux de la modernité.

Apollinaire ainsi qu'un mystérieux Jean Cérusse – « Ces Russes » –, en réalité Serge et Hélène qui rirent beaucoup de ce jeu de mots du poète, dirigent la revue qui est diffusée à Paris, mais aussi dans les galeries de Prague, de Munich ou de Milan. Des exemplaires sillonnent l'Europe et traversent même l'Atlantique. Apollinaire est le phare de ce monde qui ignore être au bord de l'abîme. Il exulte en passant le doigt sur un globe de porcelaine où il relie les adresses des lecteurs de la revue. À l'issue de ce tour du monde rigolard, le doigt d'Apollinaire revient toujours à Paris.

Les *Soirées* trônent au cœur de Montparnasse, au rez-de-chaussée du 278, boulevard Raspail. Trois pièces lumineuses avec vue sur le Lion de Belfort, là où Serge Férat a installé son atelier en octobre de l'année précédente. Au sol, il y a d'immenses tapis rouges, des toiles de Serge recouvrent les murs, et bientôt Apollinaire prend l'habitude d'y recevoir, les mercredis, ses amis.

La guerre gronde, encore tapie derrière de hautes herbes, aux aguets telle une créature sauvage du Douanier Rousseau. Les actualités internationales n'intéressent guère artistes et écrivains qui se retrouvent souvent par hasard au Dôme, à la Coupole ou à la Rotonde, autant de grandes brasseries qui s'animent en fin d'après-midi de cette présence bruyante, aux mille accents et polémiques animées. Des grappes d'individus déambulent ensuite sur les trottoirs des larges boulevards et des fines ruelles pour s'en aller déguster des pâtes italiennes chez Papa rue de la Grande-Chaumière ou plus sûrement chez le père Baty qui sert d'excellentes huîtres et de nombreux vins, à l'angle des boulevards Raspail et Montparnasse. Un obus non explosé de 1871 était venu se ficher dans un mur que le propriétaire avait pris soin de laisser en place et même d'astiquer quotidiennement. En fin de soirée, les plus alertes se dirigent vers l'un des bordels du quartier tandis que la majorité danse jusque tard dans la nuit au bal Bullier, surtout le jeudi. Ce jour-là, les mannequins des grandes maisons de couture viennent s'amuser, et souvent des bagarres éclatent entre des hommes rendus fous par la beauté de ces femmes. C'est aussi le jeudi que l'artiste peintre poétique Sonia Delaunay éblouit l'assemblée dans l'une de ses robes « simultanées » aux couleurs contrastées. Elle, personne n'ose l'approcher.

Hélène vole de lieux en lieux, parfaitement à l'aise au centre du monde. À part Max Jacob qui semble accroché à sa Butte Montmartre, tout ce que Paris compte d'artistes ou de poètes a posé ses bagages à Montparnasse. Picasso a, comme toujours, montré la voie. Qu'on le veuille ou non, on se croise sans cesse dans ce village des arts dont Apollinaire est à la fois la boussole et le gouvernail.

Ainsi va la vie, indifférente aux actualités d'une Europe qui, d'alliances en ressentiments, prépare tranquillement la guerre. Les rues de Montparnasse ne se sont pas encore drapées des habits de l'effroi. On s'y amuse et on y danse comme on danse sur un volcan. Imprudemment.

Et qu'on s'amuse ce soir-là ! Comme elle se trouve derrière le musicien, Hélène peut remarquer une goutte de sang sur une des touches immaculées du piano qui orne une des salles du siège des *Soirées de Paris*. Cette tache rouge glisse petit à petit sur l'ivoire, à un rythme lent qui contraste avec l'excitation du pianiste et la joie déchaînée de l'assemblée. Bientôt le rouge recouvre non seulement la quasi-totalité de la touche, mais se duplique sur sa droite et sa gauche. Surprise par le fait qu'elle paraît la seule à l'avoir remarquée, Hélène ne parvient plus à détacher son regard de la couleur qui constelle désormais une bonne partie du clavier. Quand les poings du pianiste cessent enfin de martyriser l'instrument, que ses cris laissent place à ceux des convives et qu'il s'éloigne de l'objet de sa création et de sa colère en se levant avec grâce de son tabouret, tous peuvent observer les dégâts. Le sang coule le long de ses doigts et des touches sont brisées. Hélène est sur le point de crier qu'on aille lui chercher un linge, mais une auditrice américaine l'a devancée, fondant sur l'instrument et le musicien avec un mouchoir blanc. Hélène se ravise car elle constate que tout le monde rit de bon cœur et que le spectacle supporterait mal le conseil maternant de la maîtresse de maison.

Apollinaire est conquis par cette déflagration, cette musique résolument nouvelle, la musique pour la musique, qui produit une folle réaction dans l'auditoire. C'est lui qui a organisé, ce dimanche 24 mai 1914 vers dix-sept heures, un concert d'Alberto Savinio, introduit à Montparnasse peu de temps avant par son frère aîné, le peintre Giorgio De Chirico. Savinio commence alors à travailler avec Apollinaire, Francis Picabia et Marius de Zayas à l'écriture d'un opéra intitulé *À quelle heure le train partira pour Paris ?*, qui demeurera inachevé en raison du déclenchement de la guerre. Les trains bientôt quitteront Paris, vidant la capitale de sa sève, ne lui laissant que le bois mort, flottant sans autre direction que celui du courant. Mais de ceci, la joyeuse troupe n'en a pas encore la moindre idée.

Apollinaire, Serge et Hélène ont convié des artistes, des marchands, des collectionneurs, tous les amis de la revue à cette fin d'après-midi musicale. Il y a même la blondeur de la « sinistre Exter », c'est ainsi qu'Hélène appelle celle qui fait tant souffrir Ardengo Soffici. Alexandra Alexandrovna Grigorovitch, dite Alexandra Exter, avait été introduite dans le cercle de la baronne par Serge qui s'était montré intéressé par le cubisme teinté de futurisme de cette artiste née en Ukraine au début des années 1880. Par une curieuse déformation de l'âme, Hélène s'était mis en tête de jeter cette Alexandra dans les bras d'Artengo. Elle sut immédiatement qu'elle plairait à son ancien amant italien. Que ses lèvres finement dessinées et ses yeux noirs tranchant avec un visage épaté et une épaisse chevelure claire créeraient un mystère dans lequel Soffici s'enfoncerait avec délice. Qu'Alexandra fût mariée avec un avocat n'était pas pour déplaire à Hélène. L'obstacle ainsi que la distance – Soffici vivait désormais en Italie, et Alexandra à Paris – attiseraient sans aucun doute le désir. Aidée dans cette curieuse entreprise – trouver une femme à un homme qu'on a follement aimé – par le fidèle Serge, Hélène organisa des rencontres impromptues, informa régulièrement des déplacements du mari et s'arrangea pour les laisser seuls juste le temps suffisant pour ne pas se rendre compte de l'amoralité de la situation. À la fin de l'année 1911, le couple adultérin se forma. Les séjours de Soffici à Paris ressemblaient à ceux de Fantômas qui passionnait alors le public ainsi qu'Apollinaire et ses amis. Si le crime était parfait, la différence résidait dans le fait que la victime était consentante.

Il fallut tout de même se rendre à l'évidence : l'un des deux aimait plus que l'autre. Depuis l'Italie, Soffici, prompt à la mélancolie, se morfondait. Dans les lettres qu'il adressait à Serge et à Hélène pointaient l'inquiétude, la tristesse et la douleur d'être oublié. Ils cherchèrent un temps à le rassurer, puis de guerre lasse, Hélène se mit à détester cette femme qui se jouait de son amant. Alexandra n'était qu'une Marie et Soffici qu'un Apollinaire. Pourquoi fallait-il que l'histoire se répétât ainsi ? Pourquoi fallait-il que les créateurs sombrent dans l'inaction idiote du fait du cœur ? Elle ne serait jamais de ces femmes.

Nourrie de toute cette histoire ressassée, Hélène se retient de fondre sur Alexandra qui tape frénétiquement des mains pendant que Savinio salue timidement son public. Un scandale ne servirait à rien. Observant avec inquiétude la scène, Serge est soulagé de voir le regard sombre d'Hélène se détourner de la nuque d'Alexandra et s'adoucir au contact du sourire de Léopold Survage qui l'appelle à ses côtés.

Voici Léopold

Malgré l'enchantement que lui procure l'énergie de Savinio, l'état du piano le désole. Machinalement, il triture dans sa poche sa clé d'accordeur, qui ne lui serait d'aucun secours. Quelques touches, rouge sang, sont brisées. Les cordes, elles, ont résisté. Léopold Survage ressent au moins la satisfaction du travail bien fait. Bientôt, il démissionnera. Les pianos Pleyel sonneront juste sans lui. La célèbre claveciniste polonaise Wanda Landowska qu'il avait connue à Moscou lui avait trouvé cette place d'ouvrier accordeur quand, désargenté, il était arrivé à Paris à l'été 1909. Fuyant la chambre qu'il louait pour trente francs par an à Alfortville, le jeune artiste avait passé toutes ses journées à sillonner la capitale, pour la Maison Pleyel mais aussi pour nourrir son infatigable curiosité. C'est ainsi que, sur le parvis de la cathédrale Notre-Dame, il était tombé nez à nez avec son ami sculpteur Alexandre Archipenko qui lui aussi tentait sa chance au fond d'un atelier miteux de la Ruche. Se rencontrer si loin de Moscou n'était pas un miracle. Paris attirait comme un aimant tous les artistes ambitieux et modernes de l'Europe de l'Est et de la

Russie. Mais tout de même, ils étaient tombés dans les bras l'un de l'autre, dans leurs costumes élimés, heureux de sentir la chaleur et les accents du monde abandonné. Les deux hommes ne se quittèrent plus, ils se voyaient chaque jour, se soutenant sans jamais faillir, certains de se faire un nom dans ce nouveau monde qui naissait, là, devant leurs yeux. Ils vivraient de leur art. Ils étaient sûrs qu'un jour, ils compteraient dans cette avant-garde qui posait un regard nouveau sur le monde.

Dans le sourire que Léopold adresse à Hélène et qui illumine son visage habituellement si sombre, il y a tout le bonheur d'un homme dont le destin bascule. Tout s'est accéléré pour lui. La séparation, d'abord, avec Hélène Moniuschko qu'il avait épousée en 1908. L'installation, ensuite, rue Saint-Jacques en juin 1913, aux portes de Montparnasse. L'exposition, enfin, au Salon des Indépendants, inaugurée le 1er mars 1914. Survage y a montré pour la première fois son *Étude de la nature des tons*, dont les trois phases – *Point de départ*, *Épanouissement*, *Morcellement* – dessinent un *Rythme coloré*, des dessins pensés pour s'animer au cinéma. La Gaumont refusera le projet, mais Apollinaire est stupéfait. Il reconnaît en Survage l'artiste qu'il attendait. L'artiste d'un « art autonome », dont le mouvement, instable et harmonieux, évoque et provoque une émotion, un état d'âme. Archipenko, qu'Apollinaire a découvert et admiré dès 1911, a bien fait de lui parler de ce Finlandais de Russie aux yeux bleu glacé et au nez pointu qui lui donne des airs d'aigle.

Lors de cette même soirée, chez Apollinaire, Archipenko a croisé pour la première fois Hélène qui, évidemment, a tenté de le séduire.

C'était comme une maladie que de charmer l'inconnu, le nouveau visage, les mains inédites et les yeux croisés pour la première fois. Surtout s'il s'agissait d'un artiste. Le fait qu'elle peignait désormais chaque jour, sous le nom d'un homme, François Angiboult, et que ses toiles cubistes plaisaient à Serge n'avait nullement calmé le feu qui la consumait en la présence de ce type d'hommes. Ce n'était point d'abord le désir d'appartenir à ce monde qui la jetait dans les bras de ses représentants. C'était un mouvement certainement plus sincère, moins calculé, plus ancien, de la nature de celui qui l'avait poussée à se mettre nue devant le baron à la sortie de l'adolescence. Un désir brut, incontrôlable, auquel elle avait pris goût, progressivement. Le regard du baron, surpris puis fou de désir, ne l'avait jamais quittée, et elle n'avait cessé de chercher à le susciter chez ses amants. Elle savait reconnaître les hommes qui lui offraient un tel regard. Quand elle arrivait dans une soirée, elle jaugeait. Les forts en gueule, rigolards et sûrs d'eux, les Picasso, elle s'en détournait. Que leur donnerait-elle que d'autres ne leur avaient déjà donné ? Un plaisir sexuel, un orgasme, peut-être, et pouf, oubliée pour toujours. Même si ce n'était que pour une seule fois, elle voulait que son souvenir s'incruste à jamais dans le cerveau et dans chaque cellule du corps de ses amants. Elle voulait s'y nicher pour cette vie, et celle d'après. Les timides l'attiraient particulièrement. Ceux dont le corps n'osait exprimer le désir, qui restaient silencieux dans l'assemblée, qui ne s'autorisaient que de rares sourires et quelques mots si patiemment pesés qu'ils arrivaient bien souvent à contre-temps des discussions animées.

Archipenko était l'un de ces timides. Il n'avait pas succombé au charme d'Hélène mais elle l'avait impressionné, au point qu'à peine rentré chez lui, il en parla en ces termes à son complice Léopold Survage :

– Mon vieux, j'ai rencontré une femme exceptionnelle, tu dois absolument la voir ! Tu n'as pas le choix !

– Exceptionnelle comment ?

Levant les yeux de son livre, l'œil bleu de Léopold s'éclaira.

– Oh, tu verras bien, Léopold ! Fais-moi confiance ! Je te vois tout seul à Paris, sillonnant les rues comme une âme en peine pour accorder des pianos ! Le divorcé n'aurait-il pas envie de faire une petite rencontre ?

Archipenko accompagna ces mots d'une petite frappe sur son épaule comme les jeunes gens en font souvent.

– Si, bien sûr, lâcha pensif Survage. Où l'as-tu rencontrée, cette femme « exceptionnelle » ? demanda-t-il alors en articulant ce dernier mot comme pour se moquer de son ami.

– Chez Apollinaire ! Il a publié il y a quelques semaines un très gentil article sur mon travail dans *L'Intransigeant*.

Archipenko se leva théâtralement et poursuivit, la main sur le cœur comme s'il déclamait un vers sur une scène de théâtre :

– Selon lui, j'ai un don ! Tu te rends compte, Léopold, un don ! Alors, tu me connais, je lui ai parlé de toi, parce que toi, tu as un sacré don… aussi !

Et il éclata de rire.

– C'est gentil à toi, mais tout cela ne me dit rien de cette femme exceptionnelle dont je ne connais ni le nom ni le visage…

Archipenko n'écoutait déjà plus son ami. Écrasé par l'alcool et les drogues, il s'endormit en un instant, laissant Léopold à ses pensées qu'il tentait tant bien que mal de rassembler : « Apollinaire admire mon ami, connaît mon existence et une femme exceptionnelle m'attend quelque part. »

L'amour Léopold

Hélène fut immédiatement conquise par Léopold dont la retenue et l'ambition lui offraient un rôle à sa mesure. Archipenko avait vu juste. Ce soir-là, aux *Soirées de Paris*, Hélène dévore du regard le jeune accordeur de piano qui, le cœur battant, scrute ses mains, ne sachant que faire. Il est la proie de cette femme qui parle fort et s'approche de lui d'un pas assuré. Même s'il l'avait voulu, Léopold n'aurait pu fuir. Ses membres sont tétanisés.

– Alors, c'est donc vous, le fameux Survage dont me parle sans cesse Apollinaire… Vous m'avez souri, ne niez pas ! Je vous regardais…

Le piège s'est refermé. D'une voix mal assurée, il répond :

– Et vous êtes la baronne dont m'a parlé mon ami Archipenko.

Il se lance sans oser planter ses yeux dans les siens :

– Sans vous avoir jamais vue, je vous aurais reconnue entre mille…

À ces mots, le visage d'Hélène rosit. Le charme opère. Les deux cœurs parlent la même langue.

Bientôt, elle se mettra nue devant lui, avant même de lui offrir un premier baiser. Elle s'assurera que le regard de Léopold sera celui qu'elle attend. Alors, elle fermera les yeux et avancera vers l'amour. Ils s'appartiennent, déjà.

Et bientôt, ils s'admireront. Chaque jour, Léopold n'en reviendra pas d'avoir accès à son corps et à ses secrets. Chaque jour, elle s'extasiera de lui donner le courage d'avancer dans son art. Et ils peindront ensemble. Et riront aussi. *Les Soirées de Paris* s'ouvriront à Roch Grey, à François Angiboult, à Léonard Pieux et à Léopold Survage. Quatre artistes pour deux individus qui s'aimeront peut-être jusqu'à la fin des temps.

Il y a tout ceci, déjà, alors qu'autour les discussions vont bon train et que le piano, quoique largement détruit, donne encore quelques airs joyeux.

Léopold, qui l'observe depuis le début de la soirée, a vu la haine s'emparer d'Hélène. C'est pourquoi il lui a souri. Et ce sourire a changé la face du monde. Alexandra n'existe plus. Le sang sur les touches du piano non plus. De même que les rires des convives. Hélène s'approche et caresse discrètement la main que Léopold a sortie de sa poche.

Le soir, seule au 229, boulevard Raspail, malgré la fatigue, Hélène s'installe à son bureau pour n'y écrire qu'une seule ligne, de peur de l'oublier le lendemain matin.

- *Je ne pourrai plus jamais découvrir le pouvoir magique et apaisant du sourire de Léopold.*

Comme de coutume, Léopold se lie d'amitié avec Serge. Et à nouveau un étrange trio se forme. Hélène adore voir les deux amis se rapprocher et devenir des frères. C'est cela, une fratrie, soudée par Hélène à qui l'on pardonne tout : les sautes d'humeur, les spleens, souvent bizarrement au printemps, les longs séjours en cure, en Italie ou dans les Alpes françaises.

Souvent, la fratrie s'élargit à quelques amis de passage boulevard Raspail et le russe se transforme en un français aux accents du monde entier. Picasso aime cette douce compagnie, où son verbe emplit le salon tapissé de la timidité de Léopold et de Serge. Du coin de l'œil, ils observent Hélène se laisser séduire par l'Espagnol tout en sachant qu'il ne sera jamais que de passage.

Le miroir magique

Peu de temps avant la guerre, Hélène fait l'acquisition d'un miroir pour meubler l'appartement du boulevard Raspail. Elle l'a déniché non loin de là dans l'une de ces brocantes qui ont fleuri à côté des bouquinistes de la rue du Cherche-Midi. Au fond de la boutique, elle est tombée en arrêt devant ce miroir couvert de poussière. Il a fallu déplacer quelques chaises et une lourde table pour accéder au trésor.

Ce n'est pas un miroir comme les autres. En noyer sculpté comme le font les Anglais, il compte trois pans et, posé sur le sol, mesure à peu près la haute taille d'Hélène. Dépoussiéré par le brocanteur, un émigré russe, il retrouve son éclat et reflète le visage ravi de sa future propriétaire. Les trois panneaux plaisent davantage que le reste à Hélène qui peut deviner son profil droit et gauche tout en se regardant de face car les deux volets latéraux sont légèrement inclinés vers l'intérieur. Livré avec diligence, le miroir trouve sa place dans la chambre à coucher d'Hélène, dans un coin, en face de son lit.

Ce n'est pas la fonction du miroir en triptyque qui l'a séduite. C'est autre chose. Un pouvoir magique qu'elle a décelé en lui dès le premier regard chez le brocanteur. Hélène est restée figée, un temps infini, les yeux plantés dans le reflet des siens. Le Russe qui en avait vu d'autres a sagement attendu, le temps que le miracle opère.

« Il me dira qui je suis, qui je suis vraiment », songe Hélène avec la certitude de celle qui ne supporterait aucune forme de scepticisme.

Pour l'éviter, elle n'en parle à personne, à l'exception, évidemment, de Serge qui, malgré un caractère des plus rationnels, accueille avec enthousiasme la bonne nouvelle. Hélène semble heureuse, c'est, comme toujours, la seule chose qui lui importe vraiment. Elle est si souvent sombre, mélancolique et ailleurs, comme à côté des choses, que Serge sourit de son sourire mélancolique qu'Hélène aime tant et se dit que ce miroir est déjà magique.

Elle en est sûre : il a le pouvoir de révéler et non de refléter. Jamais elle ne se coiffe ou n'inspecte les marques du temps sur son visage et d'autres parties de son corps dans ce miroir. Elle en a d'autres, nombreux, pour cet usage douloureusement masochiste. C'est pour une autre raison qu'elle prend l'habitude – peut-être faudrait-il plutôt parler de rituel – de se planter devant son nouveau miroir, chaque matin après avoir avalé encore au lit un thé anglais, un œuf à la coque et un croissant, le tout apporté par une femme de chambre. Et là, encore en tenue de nuit, Hélène attend, immobile, le présage de sa journée. Ses yeux passent doucement du pan de gauche à celui du milieu puis enfin à celui de droite.

« Qui serai-je aujourd'hui ? » se demande-t-elle.

Rien dans son visage ne trahit une quelconque impatience : elle n'implore pas ; Pythie guettant l'oracle, elle patiente. Puis, quand le moment arrive, elle sait qui elle sera pour la journée. Hélène, Roch, François ou Léonard. La baronne, le peintre, l'écrivain ou le poète. Femme ou homme, jusqu'à la tombée de la nuit. Certains insectes éphémères ne vivent-ils pas qu'une seule journée ? Serge est mis dans la confidence. Il ne pouvait en être autrement. À part lui, personne ne sait rien de ce rite matinal qui détermine la journée et la soirée d'Hélène. Même Léopold qui, lorsqu'il peint avec elle, ignore que l'identité de François Angiboult a été déterminée d'une sorte qu'il aurait probablement qualifiée de grotesque le matin même.

« Qu'on ne nous demande jamais la couleur de nos yeux : ils changent selon l'objet qu'ils visent », avait écrit Hélène sous la plume de Jean Cérusse dans l'Avertissement du premier numéro de la nouvelle série des *Soirées de Paris* en novembre 1913.

Et ce fut la guerre

L'appartement du 229, boulevard Raspail est plongé dans l'obscurité. Hélène, en robe de chambre, parcourt le salon à pas lents pour ne pas faire craquer le parquet. L'instant est sacré, le silence doit être absolu.

Serge est si loin. Ses lettres ravivent la peine de l'éloignement. La dernière, reçue le matin même, gît sur la console de la chambre à coucher. Depuis Magenta, non loin d'Épernay et si proche de l'ennemi, il est engagé en tant qu'infirmier :

« Bonne nuit à toi, ma petite enfant chérie, sois calme et joyeuse, travaille, et n'aie crainte pour moi – je t'aime terriblement, ma petite enfant, ma seule sur cette terre. C'est absolument impossible. J'embrasse tes petites mains et tes petits pieds, mon tout sur cette terre. Ton Serge. »

Comment est-il possible que ce soit déjà presque le printemps ? La guerre dure depuis des mois. Quand les Allemands avaient été si près qu'on les imaginait déjà là, il avait fallu quitter Paris. Quelques semaines, avec Serge, sur l'océan. Et puis, la menace s'étant éloignée, ils sont revenus boulevard Raspail.

Mais maintenant, c'est différent. Serge, sur le front ; elle, à l'arrière. Lui, dans l'action ; elle, dans l'attente. Le sol est jonché de journaux et de cartes. L'appartement ressemble à un quartier général. Pour noyer l'inquiétude, elle devient une experte des champs de bataille, des avancées de troupes ennemies ou alliées. Que faire d'autre ? Pleurer ?

Dans l'obscurité et le silence de la nuit, les tableaux se font menaçants. Les formes cubistes paraissent sortir des toiles pour attaquer quiconque passerait devant elles. Si elle ne l'avait pas connue, la statue d'Archipenko aurait effrayé Hélène. C'est comme si dans ce salon la modernité criait sa colère face à la barbarie.

Pour ne pas étouffer, Hélène ouvre l'une des grandes fenêtres et s'installe sur le balcon, les mains contre la balustrade refroidie par la nuit. Du septième étage, la vue est imprenable sur le boulevard et bien au-delà. L'ordre a été donné : Paris est plongée dans le noir. Les rues, désertées le jour, sont totalement vidées la nuit, mais le vent, comme toujours, s'engouffre sur le boulevard. Celui de mars souffle fort et aurait glacé Hélène, elle si frileuse, si tout son corps n'avait pas été mobilisé par la quête des moindres sons. Elle ferme les yeux pour mieux entendre. Au loin, quelques cris, peut-être des soldats qui passent par là, ou, qui sait, l'orgasme d'un amour, la guerre n'interdit pas tout.

Puis surgit le bruit d'abord lointain et sourd.

Angoissant, il approche. Hélène a le sentiment, les yeux toujours fermés, qu'il fond sur elle, que bientôt il prendra possession d'elle, la fera disparaître dans un fracas d'acier. Alors, elle ouvre les yeux. Autant regarder la mort en face. Elle les plisse pour voir au loin. Rien. Elle entend des explosions. Le surlendemain dans la presse, elle lira que l'artillerie de défense de Paris a canonné des zeppelins allemands qui, dans l'urgence, ont largué des dizaines de bombes dans le nord et l'ouest de la capitale, touchant des usines mais aussi des immeubles d'habitation. Par miracle, le nombre de morts se compte sur les doigts d'une main.

L'alerte passée, le silence est revenu. Dans le ciel à nouveau étoilé, Hélène contemple la tour Eiffel qui se détache avec majesté des nuages sombres de la nuit, et au loin, comme né de la brume, le Sacré-Cœur qui veille paisiblement sur Montmartre. Il faut désormais se satisfaire d'une nuit sans vie.

Demain ce sera le printemps de l'an 1915, se dit Hélène. Mais les chaises et les tables des grands cafés resteront à la remise, les poètes et les artistes sur le front.

Hélène ne peut trouver le sommeil. Elle n'est pas de ces femmes douées pour la solitude. La départ de Serge et la mort de Bob – « Je rumine sous le poids de mille chagrins : mon pauvre Bob est mort, j'ai pleuré beaucoup, au fond je le pleure toujours : j'ai compris pourquoi on aime si fort les bêtes », écrit-elle à Apollinaire en février –, c'est trop pour elle.

Oh certes, il y a bien l'illusion de la vie normale : Picasso qui vient tous les jours en voisin. Hélène le console de la maladie d'Eva, rongée par le cancer. Elle lui apprend en outre le cyrillique, qu'il aime tant intégrer à ses toiles cubistes ; De Chirico, Jacob et d'autres arrivent à l'improviste ; avant, Serge rentrait tous les soirs de ces journées passées à l'hôpital italien où il s'était engagé en tant qu'infirmier. Mais désormais, il faut attendre les lettres que la censure lit avant elle.

Et puis Apollinaire aussi n'est plus là. Canonnier à Nîmes, « quelle idée ! faites qu'il ne soit pas envoyé sur le front ! ». *Les Soirées de Paris* se sont arrêtées avec le numéro de juillet-août 1914, fauchées en plein air. Dans la petite auto du caricaturiste André Rouveyre, de retour de Deauville, la mobilisation générale avait été décrétée, Apollinaire se souvient :

« Nous dîmes adieu à toute une époque. Des géants furieux se dressaient sur l'Europe. »

Rongée par la solitude, mais prenant prétexte du dénuement matériel dans lequel Survage tente de survivre, Hélène l'invite à emménager chez elle. Le 27 avril 1915, le peintre débarque avec ses rares biens et ses toiles sous le bras. Pour la première fois, Hélène s'apprête à vivre sous le même toit qu'un amant. Elle l'installe dans un petit atelier relié à son appartement par un escalier intérieur très étroit.

Le soir, elle aime entendre le craquement des

marches, signe que, bientôt, Léopold sera dans ses draps. Mais quand Serge reviendra, Léopold devra partir. C'est ainsi, et cela ne souffre aucune discussion. « Les choses rentreront un jour dans l'ordre », se répète, sans trop y croire, Hélène.

Mais bien vite, Hélène a la bougeotte. Toute sa vie avait jusque-là été rythmée par de longs séjours, le plus souvent en été, dans les Alpes, en Toscane, à Naples ou à Rome. Paris, vidée de sa sève, la déprime. La mort rôde, elle n'attend que l'occasion pour frapper. Picasso se morfond. Eva est squelettique, le visage du trépas. Elle sera à nouveau hospitalisée. Modigliani ne va guère mieux. Ne l'ayant pas vu depuis le début de la guerre, Hélène le croise par hasard à la Rotonde où elle boit un verre avec Soffici et d'autres artistes italiens. Hirsute, saoul et drogué, le teint blafard, Modigliani tente de vendre quelques dessins tout en déclamant des vers de *La Divine Comédie*. Il fait peine à voir. Il faut dire que Beatrice Hastings, sa maîtresse qui l'aime beaucoup – et autant les hommes que les femmes –, porte en permanence sur elle un pistolet qu'elle pointe régulièrement sur son amant. Sur le front, on apprend que Georges Braque a été grièvement blessé à Neuville-Saint-Vaast. Il a été laissé pour mort sur le champ de bataille avant d'être miraculeusement récupéré le lendemain par des brancardiers qui ont trébuché sur son corps. Une poignée d'heures plus tard, non loin de là, le peintre Moïse Kisling a reçu un coup de baïonnette en pleine poitrine.

Et De Chirico est parti sous les drapeaux en Italie qui vient d'entrer en guerre. Hélène enrage. Les artistes n'ont rien à faire dans la boue. Dans les rues parisiennes, les silhouettes filent, comme pour fuir un danger qui n'est pourtant pas immédiat. La guerre n'était nulle part et voilà qu'elle est partout. Les avions dans la nuit sont effrayants. Il faut partir, retrouver les lumières du Sud, vivre.

Cap au sud

Au mois de juin 1915, Hélène et Léopold s'installent à bord d'un wagon de première classe de la Compagnie des chemins de fer de Paris à Lyon et à la Méditerranée. Traverser la France du nord au sud dans des conditions normales a quelque chose d'irréel en temps de guerre. Seuls les soldats épuisés rentrant chez eux en permission rappellent aux voyageurs le tragique du moment. Le nez à la fenêtre, les deux amants s'enthousiasment des paysages apaisés qui défilent à vive allure. Hélène observe le visage de Léopold se transformer lorsque la lumière du sud se met à irradier les villages et les campagnes. Elle sait à quel point, pour les peintres venus du nord et de l'est de l'Europe, cette découverte constitue un choc puissant. En 1910, la lumière de l'océan l'avait une première fois saisie, c'était à Oléron. Mais le Sud, la Méditerranée, le bleu marine et les nuances orangées… lui qui aime tant Cézanne.

Les deux amants posent leurs bagages dans une belle demeure bourgeoise, la Villa Robinson à Saint-Jean-Cap-Ferrat, une presqu'île dans un écrin de verdure à l'est de Nice. Une domestique les accompagne. D'autres seront embauchées sur place. À peine arrivée, Hélène pose une petite chaise en bois devant la porte d'entrée, sous le balcon sur lequel donne la chambre à coucher et qui s'ouvre sur l'immensité marine. Hélène a vieilli. La coquetterie lui avait fait inventer un âge bien plus jeune que le sien. Sur cette chaise, où elle attend elle ne sait quoi, elle est avachie, son dos courbé. Montparnasse est loin. *Les Soirées de Paris*, aussi. Et ce bon vieux Bob, qui lui manque tant ! Hélène se ressaisit et, se redressant soudainement sur cette chaise, elle songe qu'il faut donner l'adresse de la villa à Serge. Sinon il s'inquiéterait. Il ne pourrait pas lui écrire ses mots d'un amour si fort parce qu'éternel. Aucun homme, elle le sait, ils le savent tous, ne pourra jamais l'aimer à ce point. Léopold reste debout, happé par la vue de la mer, photographiant mentalement la lumière qui bientôt viendrait éclabousser ses toiles. Il ignore tout de la vague de sentiments qui submerge Hélène. Chacun est enfermé dans ses obsessions, et, finalement, c'est très bien ainsi.

La Côte d'Azur prend des allures de Montparnasse, la lumière en plus mais l'esprit vagabond en moins. Foujita, Soutine, Cendrars, le bras droit amputé au combat, et bientôt Modigliani se croisent sur la promenade des Anglais à Nice et singent la vie parisienne. Cet ersatz de Montparnasse rappelle douloureusement à Hélène l'éloignement. Les lettres de Serge racontent sa vie à l'hôpital italien de Paris. Il est revenu boulevard Raspail :

« Ici, l'appartement sent toujours ton parfum, mais il fait froid. »

Un autre jour, il lui écrit comme s'il lui chuchotait à l'oreille :

« Tu dois sans doute encore dormir… Bon matin, ma petite enfant à moi, as-tu bien dormi cette nuit ? Ici, il fait un froid sec… »

Le fil de leur existence commune est fragile. Ils l'entretiennent tous deux avec la délicatesse de ceux qui en mesurent la préciosité. Lors de ses permissions, Serge saute dans un train pour passer quelques heures auprès d'Hélène. Léopold a alors l'élégance de s'éclipser dans son atelier.

À Paris, Irène partage l'existence de Serge. Peut-être même s'est-elle installée dans l'appartement. Serge n'aurait pas osé le dire à Hélène. Mais si elle n'aime pas l'idée, le savoir seul lui est encore plus pénible.

Pour tromper l'ennui, Hélène se met à consigner dans un petit carnet ses souvenirs des jours de guerre. Les premiers d'abord quand il avait fallu se faire recenser en tant qu'étrangère, triste rappel qu'être parisienne ce n'est pas être française, puis les lumières qui s'étaient éteintes les unes après les autres jusqu'à l'obscurité et le froid du premier hiver. « Tout ceci ferait peut-être un livre ? Il faudrait pour cela que j'appelle Snégaroff, il me ferait un bon prix, il m'aime bien et puis avec *Les Soirées de Paris*, il me doit bien ça ! »

À la fin de l'année 1915, Eva est morte après de terribles souffrances. Picasso, animé par une féroce énergie vitale, consume depuis quelque temps de nouvelles maîtresses. Elles ne l'empêchent toutefois pas d'être triste. Parmi ces femmes attitrées de l'ogre, Serge ne se doute pas que l'une d'elles n'est autre que son Irène, qui, décidément, plaît aux hommes et ne comprend pas pourquoi les femmes devraient être monogames. Pendant qu'il passe ses journées quai d'Orsay au chevet des blessés dans l'hôpital italien, dont Apollinaire qu'il a fait transférer là après sa blessure par un éclat d'obus à la tête en mars 1916, Irène se donne à Picasso. Qu'il soit l'ami de Serge n'y change rien. Il veut Irène pour lui seul. Comme elle résiste, il conçoit l'idée folle de l'enlever avec l'aide d'Apollinaire qui, remis de sa trépanation et de sa longue convalescence, est absolument amusé par le romanesque de la situation. Les deux amis saoulent Irène au champagne et l'emmènent à moitié consciente dans la maison que Picasso loue à Montrouge. Prisonnière, c'est à croire que tel est son destin, Irène parvient rapidement à s'évader par une fenêtre dont les volets sont mal fermés. Vexé plus qu'en colère – « pour qui se prend-elle, elle qui se refuse à moi ? » –, l'Andalou la menace de tout révéler à Hélène. Il sait la crainte que la « sœur » de

Serge inspire et la haine qui ne manque que d'une bonne raison pour éclater publiquement. Alors, à la fin de l'été 1916, Picasso révèle à Hélène, de passage à Paris, le pot aux roses. Les lettres, les poèmes, les dessins d'Irène nue, il lui montre tout. Et comme il s'y attend et l'espère, elle n'y voit qu'un bouquet d'épines. Picasso a été un goujat avec son ami, mais Irène, oh Irène, c'est une grue, une traînée, une fille tellement rosse. Elle pleure de rage et de peine pour Serge. Pauvre Serge, humilié par son ami, trompé par son amante. Mais à sa douleur se mêle la joie de voir son Serge rompre avec cette Irène. Hélène fulmine pour elle-même :

– Marie Laurencin avec Apollinaire, Alexandra Exter avec Soffici, et maintenant Irène avec Serge, toutes ces traînées dont s'entichent des artistes, de belles âmes qu'elles ne méritent pas et qu'elles font tant souffrir qu'ils en perdent l'inspiration ! Jamais je ne serai comme elles. Jamais !

De retour à Saint-Jean-Cap-Ferrat, dans le bureau de la Villa Robinson qui donne sur la mer, Hélène écrit des mots qu'elle se promet de ne pas oublier. En bas, au calme, dans l'atelier, Léopold travaille sur *Homme dans la ville*, une toile cubiste d'un paysage urbain surgi des ombres. Hélène l'admire. Elle est prête à se sacrifier. À sacrifier son amour à l'art. À cet instant, le vent de mer s'engouffre dans le bureau dont la fenêtre est restée ouverte. La feuille sur laquelle Hélène a écrit sa promesse s'envole et disparaît, au loin, portée par les airs. Les oiseaux ou les nuages peuvent y lire :

Je quitte les hommes avant de les rendre
misérablement dépendants, pleurnichards et asséchés.

Rentrer ?

Le corps sur la Côte d'Azur, l'âme à Montparnasse, Hélène vit dans une solitude complète. Serge se démène à Paris. Il persuade le génial poète Pierre Reverdy de prendre quelques poèmes d'un certain Léonard Pieux dans la revue qu'il s'apprête à lancer. Ce Léonard est en réalité Hélène, mais Reverdy l'ignore. Pour Serge, peut-être que si elle écrit, elle retrouvera un peu de joie. « Prends bien soin de ta santé, travaille et écris », termine-t-il désormais ses lettres quotidiennes.

Le quotidien avec Léopold l'ennuie. Elle n'est pas faite pour la vie conjugale. Seule la perspective d'une relance des *Soirées de Paris* la maintient à flot. Apollinaire y travaille. Mais lorsque l'idée d'une première exposition de la revue est évoquée, Hélène se sent trahie comme jamais. Le 21 janvier 1917, à 14 heures, au 5 de la rue de Penthièvre dans la maison de couture de Germaine Bongard, la sœur de Paul Poiret, transformée pour l'occasion en galerie d'art, trente-deux tableaux de Survage sont exposés. Apollinaire s'enflamme pour les peintures ramenées du Midi :

– Nul, avant Survage, n'a su mettre dans une seule toile une ville entière avec l'intérieur des maisons.

Ce qui hérisse Hélène, au point de la dissuader d'assister au vernissage et de rester dans le Sud, c'est la présence de trente dessins de cette traînée d'Irène Lagut. Elle s'en persuade : Apollinaire a, à son tour, cédé à ses avances. Selon ce qu'on raconte, on a retrouvé un billet écrit au théâtre qu'Irène a adressé au poète :

« Beau gosse. Trouvez-vous à la sortie et attendez-moi. Je suis dans la loge à votre droite en toilette bleue. Une Amie. »

Restée à Nice, elle n'a pas non plus assisté au banquet organisé par Apollinaire, Matisse, Picasso, Jacob et quelques autres en l'honneur de Braque qui fête son retour à la vie civile à Montparnasse dans l'atelier de la peintre Marie Vassilieff. D'une énergie folle et communicative, cette dernière a ouvert au début de la guerre, au premier étage de son atelier, une cantine où les artistes peuvent boire un verre de vin et avaler un repas chaud pour cinquante centimes. Tout le monde y passe, y compris Lénine et Trotski, valant au lieu une surveillance policière qui amuse beaucoup Marie. Après le dîner, il n'est pas rare que toute la troupe descende d'un étage pour faire la fête une bonne partie de la nuit. Parmi les habitués des lieux, Modigliani est le seul à ne pas être convié, l'hôtesse craignant que sa présence certainement avinée ne transforme la fête en drame, d'autant que son ancienne maîtresse, Beatrice Hastings, se trouve autour de la table avec son nouvel amant, le sculpteur Alfred Pina. Mais qui débarque, ivre mort, au milieu de la soirée dont il a été averti ? Béatrice pousse un petit cri en croisant le regard de son ancien amant. D'un bond, Pina se lève de sa chaise et sort un pistolet qu'il braque sur le Livournais. On pousse des cris, les chaises se renversent, quelques bouteilles aussi. Mais Marie calme tout le monde et, la peur passée, on rigolera beaucoup de cet événement grotesque, d'autant plus que Modigliani aime depuis quelques jours une autre femme, une jeune artiste à la beauté naturelle répondant au nom de Jeanne Hébuterne. Mais qu'Hélène aurait aimé être là ! Du romanesque ! De l'amusement ! Du tragique ! De la vie, que diable ! Si loin du doux ennui et de la lumière sublime de la Côte d'Azur.

Les nouvelles de Paris sont inquiétantes. Les carpes et les brochets de l'étang rouge n'envoient plus d'argent. Le tsar a abdiqué. Il flotte comme une menace sérieuse sur le train de vie d'Hélène et de Serge. Mais la situation est cependant encore à ce point confuse qu'Hélène n'y voit qu'une circonvolution de l'histoire qui prendra bientôt fin. Serge qui s'informe bien davantage de la situation dans la presse est plus lucide, d'autant qu'il assiste chaque jour boulevard Raspail à l'arrivée des factures au nom d'Hélène. Oh, il peut encore payer les abonnements aux revues, les partitions de musique, les robes ou les chapeaux qu'elle a commandés chez

Berteil, mais demain ? Ne faudrait-il pas vendre quelques toiles ? Celles du Douanier Rousseau ont récemment pris beaucoup de valeur. D'un mot, Hélène calme les ardeurs de Serge :

– Vendre les Rousseau ? N'y songe même pas.

Le sujet est clos. Il ne le restera pas longtemps.

Parce qu'elle sait la rivalité qui a détruit leur amitié, la lettre qu'Hélène reçoit à Nice ne la surprend pas. Mi-mars, Blaise Cendrars a lu le *Manifeste* qui ouvre *Nord-Sud*, la nouvelle revue dirigée par Pierre Reverdy. Le début lui convient : « La guerre se prolonge. Mais on en connaît d'avance l'issue. La victoire est désormais certaine. C'est pourquoi il est temps, pensons-nous, de ne plus négliger les lettres et de les réorganiser parmi nous, entre nous. » Mais la suite déclenche sa fureur : « Naguère les jeunes poètes allèrent trouver Verlaine pour le tirer de l'obscurité. Quoi d'étonnant que nous ayons jugé le moment venu de nous grouper autour de Guillaume Apollinaire ? Plus que quiconque aujourd'hui, il a tracé des routes neuves, ouvert de nouveaux horizons. Il a droit à toute notre ferveur, à toute notre admiration. » Cendrars est revenu manchot et passablement déprimé des tranchées. Que lui trouvent-ils donc, à Apollinaire, tous ces jeunes gens du Flore ? Et moi ? songe-t-il. Ne m'ont-ils jamais lu ? N'ont-ils pas lu mes *Pâques* ? N'ont-ils pas trouvé que *Zone* lui devait beaucoup ? Chacun reproche à l'autre une vanité et une quête de gloire qui, en réalité, les unifient. Et, ultime rivalité : de la trépanation de Guillaume ou de l'amputation de Blaise, lequel des deux stigmates de la guerre est-il le plus noble ? À peine refermé le premier numéro de *Nord-Sud*, Cendrars trempe sa plume dans l'encre du ressentiment et adresse ces mots à Hélène qui n'en demande pas tant : « Je suis outré de cet énorme ridicule qu'Apollinaire assume… Il est comme un bidet fêlé. Sa cicatrice n'a plus rien de glorieux puisqu'elle émet les pets nouveaux de sa Victoire… Ne vous exagérez pas ce vent d'Apollinaire. »

Hélène sourit. C'est drôle, méchant et inutile. Elle aime et aimera pour toujours Apollinaire dont la dernière aventure la rend folle de joie. Cela fait longtemps qu'elle n'a pas ressenti une telle émotion.

Les Mamelles

Rentrer, enfin, rentrer. Pour quelques jours, c'est déjà ça. Sentir le pavé parisien. Aimer la grisaille et les flaques d'eau. Contempler la Seine, marronnasse. Ne pas vouloir se baigner, enfin ! Flâner sur le balcon, la main sur la rambarde dont la peinture s'écaille, et voir les pigeons s'envoler. Les mouettes la fatiguent, de même que le soleil et son reflet dans la mer.

Le 229, boulevard Raspail respire enfin à nouveau l'air de la création, le souffle de l'esprit moderne. Grandes ouvertes, les fenêtres, en pleine journée, sans les crépusculaires ronronnements des zeppelins et des moteurs des Taube, la Grosse Bertha c'est pour bientôt, mais pas encore, la lumière entre et éclaire l'atelier, où des comédiens répètent leur texte sous la conduite du metteur en scène et devant l'auteur de la pièce. Le parquet craque de plaisir. Hélène aurait donné toutes les lumières du Sud pour ces instants. Le metteur en scène aux allures de dandy, Pierre Albert-Birot, commande tout son monde dans un réjouissant bordel. À quarante ans, c'est comme si ce provincial naissait au monde. Il faut dire que, jusque-là, il a plutôt « barboté », comme il se plaît à le dire à ses amis. Ses rêves de poésie, de littérature et de sculpture se sont longtemps fracassés sur les contingences matérielles, faisant de lui un modeste restaurateur d'objets d'art chez le grand antiquaire Édouard Larcade. Un comble pour quelqu'un qui se pique de modernité ! PAB, comme tous l'appellent, est venu au monde le 1er janvier 1916, jour où il créa *SIC*, pour « Sons, Idées et Couleurs », une revue dont il est le directeur et le seul rédacteur. Poète et théoricien de la poésie, il a inventé le « nunisme », expression de son attachement absolu au présent indissociable du sujet qui crée et qui le transforme. Hélène ne peut qu'être sensible à cette approche théorique qu'elle expérimente à Paris chaque matin au réveil devant son miroir magique.

Mais quand cet homme se présente à Raspail au début de l'année 1917, elle ne sait encore, pour ainsi dire, rien de lui. Il a été introduit par Apollinaire rencontré à l'hôpital italien du quai d'Orsay en avril de l'année précédente. Le poète avait accepté de soutenir *SIC*. Il se mit à envoyer des poèmes, des calligrammes, et à présenter de jeunes créateurs qui permirent à la revue de compter.

– Je sais où nous pourrions nous installer ! C'est immense et pas loin de tout. Allez voir la baronne, et demandez-lui, elle acceptera, j'en fais le pari. Notez : 229, boulevard Raspail. Vous remarquerez l'emplacement de l'arbre de Hugo. C'est au septième étage, mais rassurez-vous, il y a un ascenseur, a lancé, sûr de lui, Apollinaire à Pierre Albert-Birot.

Apollinaire a vu juste. Hélène n'a même pas pris le temps de faire croire qu'elle hésitait :

– Mais bien sûr, cher ami, cet atelier est toujours ouvert aux quatre vents de la création. Utilisez-le quand et autant que vous le voulez.

– Je ne sais comment vous remercier...

– Mettez-vous au travail, cela vaudra mille mercis !

La conversation s'est d'autant mieux déroulée que, Serge étant en charge des décors, Hélène connaît déjà tout du projet. Elle sait qu'Apollinaire a accepté la proposition de PAB d'une pièce de théâtre en novembre 1916. Dans ses tiroirs, il a retrouvé une histoire écrite des années plus tôt et qui pourrait faire l'affaire.

Et c'est ainsi qu'à peine la fin du premier acte écrit par Apollinaire, le 229, boulevard Raspail respire à nouveau. Dans un coin, Hélène assiste, émue et concentrée, aux répétitions d'une troupe composée de comédiens amateurs à l'exception de la jeune Louise Marion, qui joue le rôle de Thérèse, et de Marcel Herrand, apprenti comédien au conservatoire Renée-Maubel, là même où est prévue la représentation de juin. « S'engueule-t-on toujours autant au théâtre ? » se demande Hélène en observant les cris des uns et les silences renfrognés des autres. De son côté, Apollinaire accueille tout cela avec sagesse : « Tout métier peut s'apprendre en huit jours », ne cesse-t-il de répéter à ceux qui s'inquiètent de devoir monter une pièce de théâtre aussi ambitieuse avec des comédiens ayant aussi peu d'expérience.

Hélène adore ce qu'elle voit, et doit se retenir d'applaudir lorsqu'elle entend Louise/Thérèse hurler :

– Je suis féministe et je ne reconnais pas l'autorité de l'homme !

Hélène, qui ne supporte pas cette distinction factice entre les hommes et les femmes, va encore plus loin : elle n'apprécie pas non plus l'autorité d'une femme sur un homme. Selon elle, les deux sexes sont libres de vivre librement, et cette liberté doit pouvoir les conduire à emprunter le genre de l'autre à leur guise.

La suite de la pièce la comble : Thérèse, ne supportant plus d'être rappelée à ses tâches domestiques par son mari, ouvre sa blouse et fait exploser dans un claquement sublime ses deux énormes mamelles, des ballons de baudruche. Hélène jubile. Par magie, Thérèse devient alors le devin Tirésias qui change de sexe dans l'épopée homérique. Libéré de la contrainte de devoir être un homme, le mari de Thérèse vit alors pleinement sa féminité au point de donner naissance à une famille très nombreuse, 49 051 enfants en quelques jours – ramenés à vingt-quatre heures dans la version de la pièce publiée ultérieurement. Certes, à la fin de la pièce, redevenue femme, Thérèse revient auprès de son époux, soumise à nouveau à ses désirs. Voilà qui déplaît à Hélène, ravie de lire quelques mois plus tard dans l'édition publiée des *Mamelles de Tirésias* que Thérèse avait conservé de toute cette aventure son autonomie face à un mari lui aussi transformé en un individu ouvert et tolérant.

Malgré tout, Hélène est contrariée. Mais pourquoi diable fallait-il qu'Apollinaire et Pierre Albert-Birot engagent cette Irène Lagut pour dessiner les costumes des personnages ? Ce doit être une idée de Serge. Irène par-ci, Irène par-là. L'exposition avec Survage n'a donc pas suffi. Il fallait qu'elle travaille sur *Les Mamelles de Tirésias*…

Alors, début juin, essentiellement pour ne pas croiser Irène, Hélène repart dans le Sud. De toute façon, les répétitions s'achèvent. Serge en est meurtri. À dix jours de la représentation, il tente de la faire revenir :

« Ma chère Galioujetchka. Je suis toujours occupé par la pièce d'Apollinaire. Le spectacle a lieu le 24. Irène n'y a aucun rôle. Tu t'es fait des idées qui ne correspondent pas du tout à la réalité. Si tu décides de rester sur place, alors je viendrai obligatoirement. »

Hélène est si butée que c'est peine perdue.

Le dimanche 24 juin, *Les Mamelles de Tirésias* sont jouées devant les presque cinq cents spectateurs du théâtre Maubel de la rue de l'Orient. Apollinaire accueille avec autant de plaisir les applaudissements, les cris et les sifflements qui descendent des travées pendant la pièce mais plus encore une fois le rideau tombé.

Il hurle dans la coulisse :

– Mes amis, mes amis ! Le « drame surréaliste en deux actes et un prologue » a eu lieu, le théâtre cubiste est né !

Dans la salle, dispersés, mais réunis pour la première fois en un même lieu, Louis Aragon, André Breton, Jacques Vaché et Philippe Soupault sortent impressionnés. Ils feront quelques années plus tard un bon usage du terme « surréalisme » qu'ils entendent pour la première fois au théâtre Maubel. Depuis les loges, Serge pense à Hélène. Dans le brouhaha des soirs de spectacle, il écrit :

« La pièce vient tout juste de finir. Immense succès. Je t'enverrai des photographies. Je suis crevé à en mourir. Je t'embrasse. Ton Serge. »

Spleen d'hiver

À Nice, le temps s'étire. Le nouvel appartement sur la promenade des Anglais, au 175, plaît davantage à Hélène. La ville, c'est déjà ça.

Les nouvelles de Russie sont catastrophiques. Serge a, comme souvent, vu juste. La révolution là-bas a chassé l'empereur et les bolcheviques ont pris le pouvoir. La situation est instable, offrant à Hélène la chance, encore, de croire à un rétablissement de l'ordre. L'ordre, c'est l'argent du château de l'étang rouge. Il retrouvera bientôt le chemin de Paris, ne cesse-t-elle de se répéter pour s'en convaincre. Lénine, bien connu à Paris, ne va tout de même pas les mettre sur la paille… !

Chasser cette idée n'est pas chose aisée tant Serge s'inquiète à longueur de lettres de leur situation financière. La vente des Rousseau revient sur la table. Mélancolique, sur le balcon qui surplombe la mer calme de l'hiver, Hélène repense au Douanier, à ses épaules voûtées, à sa démarche lente, à sa mort. Et que dirait Ardengo, lui qui les avait poussés à acheter ses œuvres ? Pauvre Ardengo, blessé lui aussi par la guerre. Deux fois. L'oreille le 4 juin 1917, l'œil, le 23 août de la même année. C'est l'artiste qu'ils veulent assassiner, divague Hélène, frissonnant au vent frais de janvier. Que va-t-elle nous enlever de plus, cette guerre ?

Derrière elle, dans le salon, un nouveau tableau de Survage : un immense portrait d'Hélène qu'il vient d'achever. Dans une longue robe bleue, le visage fermé et d'une infinie tristesse, la baronne, assise sur un fauteuil, les pieds sur un tapis d'orient, se trouve au centre d'un paysage cubiste et urbain où l'on devine la Méditerranée derrière une fenêtre, quelques poissons, des conserves, des fleurs, des silhouettes d'hommes et une tour Eiffel. Comme si Survage sentait les troubles d'Hélène, son désir de Paris, son désir de Serge, cet enfermement, cet étouffement.

Modi et le masque

À Nice, sur la promenade des Anglais, Hélène et Survage croisent Modigliani, un vieux Borsalino sur la tête, malgré la chaleur un lourd manteau sur les épaules, le teint trop pâle pour la région. Les larmes aux yeux, Hélène salue son marchand et ami qui l'accompagne, Léopold Zborowski, et se penche vers Modi :

– Mais vous voilà ici, cher Amedeo ! Pendant quelques secondes, je me suis crue boulevard Raspail. Je suis si heureuse de vous savoir avec nous ! Vous semblez fatigué…

– Chère Hélène, répond Modigliani d'une voix hésitante et lasse, je n'ai fait que suivre les conseils du docteur Devraigne. Zbo a trouvé l'idée merveilleuse, et me voilà…

– Nous sommes si bien là, décrète Zborowski dont le ton traduit l'élégance de son éducation polonaise bourgeoise. Amedeo va peindre ici, il vaut deux fois Picasso, il est temps que le monde s'en rende compte !

– Mais oui, Zbo, le monde le sait ! Il y a quelques semaines, l'exposition de peintures et de dessins de

Modigliani à la galerie Berthe Weill était formidable ! J'en avais oublié que nous étions en guerre…

Hélène s'anime. Le souvenir de son dernier séjour parisien, en décembre 1917, réveille la flamme dans son regard.

– Oui ! Et quel scandale, Hélène, quand la police est intervenue pour faire décrocher les nus exposés dans la vitrine. Les poils, les poils, qu'ils criaient. Berthe avait râlé. Quelle rigolade ! Amedeo, c'était amusant, non ?

– Pardon ? Oui, sûrement. Je ne m'en souviens plus très bien. Rentrons, veux-tu, Zbo, je suis fatigué.

– Bien sûr, Modi. Hélène, passez avec votre bon ami Survage à la maison rue Masséna, une grande villa rose, immanquable ! Nous sommes avec Soutine, Foujita, les épouses et quelques amis ! Je suis sûr que vous connaissez des adresses formidables dans la région. Nous venons d'arriver, nous sommes comme des étrangers dans un pays inconnu !

C'est ainsi que, quelques jours plus tard, Hélène et Survage se présentent rue Masséna, mais ils apprennent que Modigliani ne s'y trouve déjà plus. La mine déconfite mais la barbe rousse toujours parfaitement taillée, Zborowski leur apprend qu'il a plié bagage quelques jours plus tôt pour un hôtel de passe où les filles se vendent pour un peu d'argent. Elles se déshabillent pour lui. Il les paie comme modèles. Hélène l'attend devant l'hôtel. Dans la lumière déjà douce du printemps, Modigliani surgit depuis une petite ruelle. Sur les dalles blanches de la Promenade, au milieu de la bonne société qui s'est vêtue de couleurs claires en attendant les promesses de l'été, il apparaît comme un point noir, une tache sombre, un indigent au milieu des bien-nés, se dit Hélène en le voyant approcher. Il est le même que celui qui venait se reposer un peu, dans son salon, boulevard Raspail. Le même qui passait de table en table quémander quelques sous pour un dessin. À peine voit-il Hélène qu'il lui propose de faire son portrait. Elle monte dans sa chambre et s'installe sur son lit comme l'ont fait les filles de joie.

Modigliani va vite. En quelques minutes, les traits d'Hélène apparaissent. Son visage est légèrement penché, comme s'il ployait sous le poids d'on ne sait quelle souffrance que reflètent ses yeux presque transparents et tristes. Hélène regarde intensément son portrait et ce qu'il dit de son mal-être. Et elle sait alors ce qu'elle doit faire de son malheur qui résiste à tous les amis, à son amant, et même au formidable tramway qui circule entre Nice et tous les caps alentour et dans lequel les jeunes femmes sont si heureuses, les cheveux au vent, le soleil dans les yeux. Modigliani a tout vu. Un rayon X au cœur de l'âme blessée. Maintenant, elle ne parviendra plus à simuler le bonheur. Elle ne pourra plus faire semblant. Modigliani vient de lui enlever son masque, elle en aurait pleuré de joie.

Quitter Léopold

Depuis quelque temps, Hélène et Survage se sont mis à fréquenter l'acteur Pierre Bertin, descendu à Nice avec sa jeune épouse, la pianiste virtuose Marcelle Meyer. Elle est accompagnée de sa mère et de sa petite sœur, Germaine, excellente musicienne elle aussi.

Originaire du Nord, cette dernière a la peau rose et les cheveux blonds qu'ont souvent les femmes de cette région. En habituée des jeux de séduction, il ne faut pas longtemps à Hélène pour remarquer que Survage n'est pas insensible au charme de Germaine, et que l'attirance est réciproque. Elle aime Survage, d'un profond amour, mais elle le jette dans les bras d'une autre femme avant qu'il ne soit trop tard. *Je quitte les hommes avant de les rendre misérablement dépendants, pleurnichards et asséchés.*

Ses mains de pianiste et de peintre caresseront un autre corps que le sien. Sa bouche embrassera une autre bouche, un autre cou. Ses pensées vogueront toujours, parfois, peut-être souvent, vers elle. Elle se contentera de vivre comme un regret. C'est mieux que de disparaître, au fond.

Hélène rentre à Paris. Elle fuit presque, laissant Survage s'installer chez les Meyer et faire la fête avec Modigliani. Ce dernier réalise son portrait. Survage y apparaît droit, déterminé et apparemment heureux, mais à y voir de plus près, un de ses yeux bleus regarde intensément tandis que l'autre est brouillé, sans pupille. Il s'étonne :

– Mais pourquoi ne m'as-tu fait qu'un seul œil ?

– Parce que tu regardes le monde avec l'un, et avec l'autre, tu regardes en toi, répond Modigliani.

Que voit-il en lui ? La tristesse d'avoir perdu Hélène ou le bonheur d'avoir gagné Germaine ?

À bas Guillaume !

Ses jambes la supportent à peine. L'alcool et la tristesse, surtout la tristesse, ont eu raison de ses forces. Dans le silence et le froid sec de l'automne, elle avance sans le vouloir, sans le savoir, même. C'est tout un monde qui divague, silencieux, plongé dans ses souvenirs. Hélène lève la tête et voit Cendrars abandonner, avec sa femme Raymone et Fernand Léger. Tous trois s'éloignent, les yeux rougis, à la recherche d'un bistrot qui leur servirait un grog.

Quand le cortège s'engage sur le pont de Sully, Hélène se murmure à elle-même que, pour la dernière fois, Guillaume Apollinaire traverse la Seine. Les bateaux, de leurs sirènes, hurlent leur peine sur son passage. Le cercueil est recouvert d'un drapeau tricolore sur lequel on a déposé un képi à deux galons de lieutenant. La mort l'a promu. Mais elle lui a ôté sa beauté. Hélène l'a regardé tout à l'heure dans l'église Saint-Thomas-d'Aquin, à quelques mètres de *leur* boulevard Raspail. Le visage de Guillaume s'est effondré, lui qui fut la beauté et l'éclat mêmes, détruit par la grippe qu'on dit espagnole. Et sur les boulevards que traverse le cortège à vive allure – les pas des chevaux sont plus rapides que ceux des hommes –, les rires des passants et les pleurs des souffrants se mêlent dans un étrange jour de novembre. « À bas Guillaume ! » hurle la foule, en pensant au Kaiser, Guillaume, lui aussi. Vaincu, lui aussi.

Les arbres du Père-Lachaise sont en vue. Bientôt, le corps d'Apollinaire rejoindra les entrailles de Paris. Il faut gagner les hauteurs du cimetière et se rendre devant la vingt-troisième rangée de la quatre-vingt-neuvième division. Le trou a été fraîchement creusé. Serge sanglote. Par amitié, et parce qu'il est l'un des rares à en avoir les moyens, il a tout payé de sa poche.

La *Sonnerie aux morts* retentit tandis qu'au loin résonnent les cloches et les coups de canon de la victoire française. Les soldats, les compagnons d'armes du défunt, sont les premiers à rendre un dernier hommage au poète disparu, mort pour la France. Puis c'est l'interminable file des amis, ouverte par la mère et la jeune veuve – Apollinaire s'est marié avec une certaine Jacqueline en mai. Hélène, que Serge devance de quelques places, attend, une fleur à la main. Picasso pleure comme un enfant inconsolable. Hélène voudrait être ailleurs, chez elle peut-être. Mais ailleurs, sûrement. Ses souliers piétinent une terre détrempée par les pluies de novembre. Cela n'a aucun sens de faire la queue pour jeter une fleur déjà morte sur un cadavre bientôt rendu à la putréfaction. « L'enchanteur pourrissant » pourrissait. Il est trop tôt pour penser à la prochaine grandeur des ruines. Il y a un temps pour tout.

La fleur jetée et le cœur lourd, Hélène prend un taxi pour rentrer chez elle. En passant devant chez Baty, elle songe que c'est là qu'elle a vu pour la dernière fois Apollinaire. L'appartement du 229, boulevard Raspail est plongé dans le silence, un mauvais silence, de ceux qui font surgir les monstrueuses mélancolies.

La guerre est finie, depuis deux jours seulement. Du boulevard montent des cris de joie. Qu'aurait pensé Apollinaire de ce clair-obscur ? se demande Hélène en s'installant à son bureau. Cela fait longtemps qu'elle n'a pas dressé de liste.

Ce que je ne pourrai plus découvrir (nov. 1918) :

- *Mes pas enfoncés dans la terre humide du Père-Lachaise.*
- *Apollinaire humant les casseroles d'un air passionné.*
- *Apollinaire fumant un cigare soufflant avec effort comme quelqu'un qui gravirait une montagne.*
- *Apollinaire.*
- *Apollinaire.*
- *Apollinaire.*

Il faut être prudent, la vie est tellement belle.

Hélène plie cette liste et la glisse dans un tiroir de son bureau, juste au-dessus de celles qu'elle a déjà écrites. Celle-ci est différente des autres : des larmes ont effacé quelques mots.

Cet arbrisseau qui se prépare à fructifier te ressemble

Peut-on vivre sans Apollinaire ? Cette question hante Hélène, si bien qu'elle décide d'abord de continuer à vivre avec lui.

Un autre cimetière, celui de Montmartre, pour le sentir encore vivant. L'ironie lui arrache un sourire, le premier depuis la mort du poète, onze jours plus tôt. Non loin des tombes, se trouve le théâtre Maubel, où l'on joue, malgré le refus de Jacqueline, la veuve, *Couleur du temps*, une pièce composée par Apollinaire. La salle est pleine à craquer. Hélène reconnaît les visages du cortège. Tous ont besoin d'un peu d'Apollinaire. Il faut encore de lui. Hélène est émue d'entendre des mots qu'il a écrits et qu'il ne dira plus jamais. De voir, aussi, une ombre curieuse venir heurter les projections de lumière à des instants du spectacle. Elle reconnaît la tête d'Apollinaire un peu pointue s'élargissant en pyramide vers les épaules. Bien sûr qu'il est là.

Quatre jours plus tard, et quatre nuits de peu de sommeil, Hélène s'attelle à la rédaction du texte que Pierre

Albert-Birot a commandé à Roch Grey en qui il voit l'une des grandes plumes de son temps. Elle a accepté sur-le-champ de participer au numéro que la revue *SIC* a décidé de consacrer à Apollinaire pour le mois de janvier 1919. Dans son texte, « Sur la tombe du poète », Hélène se souvient de son corps, de son appétit vorace, de ses vices, du cortège funéraire, du dernier pont sur la Seine et de son ombre surgissant de l'au-delà dans le théâtre Maubel. Elle écrit ce texte d'un seul jet, et un autre consacré à la puissance du poète, qui s'achève ainsi : « Ces dernières œuvres il faut les lire, pour voir une fois de plus que c'était lui qui marqua l'époque et entraîna les autres dans son sillon. »

Elle est de ces « autres ». Le sillon est profond, la terre fertile, et les graines de la création sur le point de germer. Elle se souvient de ce calligramme qu'il lui a dédié, avant la guerre, dans *Les Soirées de Paris* : « Cet arbrisseau qui se prépare à fructifier te ressemble. »

S'arrêter et pleurer, ne faire que lire et relire Apollinaire, ce serait le tuer une deuxième fois. Une grippe espagnole de l'esprit, une épidémie de l'âme. Réveille-toi, Roch Grey, réveille-toi, Léonard Pieux, réveille-toi, François Angiboult. Elle implore son miroir magique, songeant aux frères Grimm qu'elle avait lus dans la grande bibliothèque du château de Krasnystaw où les loups hurlaient et les carpes sautaient : « Miroir, mon beau miroir, dis-moi qui je suis… » Être arbrisseau et fructifier. Vivre et faire vivre.

Loin des larmes, à Nice, Survage vit son nouvel amour avec Germaine et une franche camaraderie avec Modigliani avec qui il célèbre dignement l'armistice. L'Italien a lui aussi choisi de rester au bord de la Méditerranée avec Jeanne, qui accouche à la fin du mois de novembre, tandis que Zbo et la petite troupe sont repartis à Paris où la cote du peintre devient intéressante.

Survage et Modigliani fêtent la nouvelle année ensemble, mais à court d'argent décident de rentrer à leur tour à Paris. Leur inspiration a été sublime dans le Sud, mais les acheteurs ne s'y trouvent pas. Le premier dispose d'un peu d'argent, suffisamment pour rentrer sur-le-champ avec Germaine. Pour Modigliani, les choses sont plus compliquées. D'argent, il n'en a point, pas plus de papiers en règle. Il faut encore quelques mois pour qu'à la fin du printemps Modigliani puisse réunir une somme suffisante à son départ et un sauf-conduit provisoire de la police. Jeanne et la petite doivent rester à Cagnes-sur-Mer.

C'est Léonard Pieux qui fait fructifier l'arbrisseau planté par Apollinaire. Tous ces mois passés dans les villes du Sud, à converser avec Survage dans une lumière radieuse, à découvrir des maisons et des ruelles, des marchés aux poissons, des pêcheurs à la peau burinée par le soleil, des odeurs salines, aussi, qui, grâce au vent, lui laissaient sous la langue le goût de mer de la peau de son amant, il faut en faire quelque chose. Et dire adieu à leur amour. Elle écrirait les poèmes, il les illustrerait de bois gravés. Ce serait un livre rare et précieux, de ceux que l'on se vante de posséder à moins que l'on ne craigne trop qu'on nous le vole. Alors, on en tairait la possession, caché dans un tiroir fermé à double tour.

« *Accordez-moi une audience et je vous réciterai les vers d'un poète inconnu avec une telle éloquence que vous me voudrez de suite roi mais je le refuserai.* » Léonard Pieux parle-t-il de lui-même ? Hélène parle-t-elle de Léonard ? Les hétéronymes sont comme des dédales sans sortie. Plus loin : « *L'homme glisse le long des maisons figées stoïquement…* » Ces silhouettes, ces hommes au chapeau melon noir que Survage cache dans les villes de ses tableaux, derrière les murs épais des maisons, sont-ils des espions ou des voyageurs perdus, coincés dans des cités dont ils ne savent comment fuir ? Le mystère est partout dans ces poèmes de Léonard Pieux. Le réel échappe à celui qui regarde, et tout devient possible alors : « *Les bourgeoises rêvent leurs maris absents ou peut-être ce rare désiré passant qui est parti qui n'est pas venu encore.* » L'imprimeur Snégaroff manque de temps et plus encore de papier, surtout de papier de Chine. Alors Survage s'y attelle, seul, de tout son corps. Les seize bois originaux en cinq couleurs et le poème manuscrit s'inscrivent sur le précieux papier à l'aide d'une presse à pied. Harassé, Survage s'arrête après le vingt-huitième exemplaire.

Vieillir, pourtant

Il faut travailler. Composer des poèmes. Écrire des romans. Peindre des tableaux. Faire l'amour quand l'occasion se présente. Et rêver d'Italie.

Hélène se rend à l'évidence : *Les Soirées de Paris* ne renaîtront pas, bien sûr. L'énergie d'avant-guerre non plus. En dehors du fidèle Serge, les deux hommes qui ont cru en elle, Remy de Gourmont et Apollinaire, sont morts, tous deux pendant la guerre.

Le miroir magique lui renvoie chaque matin de nouvelles rides. Des cheveux blancs aussi s'immiscent dans sa chevelure rousse. La peau de son visage se ternit, et son cou se plisse. Hélène ne supporte pas de voir sa jeunesse s'éloigner. D'elle, les hommes bientôt se détourneront. Serge, le fidèle Serge, le frère, sera encore là, elle le sait. Il veillera sur elle jusqu'à sa mort. Elle ne pourra que mourir avant lui.

Mais les autres, ceux dont les regards s'embrument devant son corps nu ? Ceux que, du bout des doigts et de la langue, elle fait frissonner jusqu'à ce qu'ils perdent pied ? Ceux-là disparaîtront à jamais, comme l'amour qu'ils n'emporteront nulle part, n'offrant plus à Hélène les voyages incessants, de l'esprit et du cœur, qu'elle avait vécus jusqu'alors. Elle sera désormais assignée à résidence, le cœur glacial, la peau parcheminée, survivante d'anciennes amours qui finiront par l'oublier.

Elle s'imagine décatie, le corps recouvert de son vieux manteau d'hermine élimé dont le blanc, avec le temps et sans doute la misère, sera passé au gris. Elle sera recroquevillée au centre du salon, sur les murs duquel les tableaux de Rousseau, et les autres ensuite, auront disparu, vendus au plus offrant, au plus malin, laissant apparaître des fissures pareilles à celles qui orneront son visage, son cou et son ventre. Elle aura froid ainsi, parce que l'air s'engouffrera dans les entrailles de l'immeuble et de sa peau, remontant du boulevard dans un tourbillon maléfique.

De l'argent

Et puis l'argent vient à manquer. Elle et Serge doivent compter ce qu'il leur reste. Comme les pauvres.

Hélène préfère désormais sortir le soir, au moment où l'obscurité masque l'usure des vêtements, ainsi que les rides du temps. Elle tait les difficultés financières et ordonne à Serge d'en faire de même, si bien qu'au lendemain de la guerre tous les voient encore comme de riches mécènes prêts à aider des artistes désargentés.

Serge s'est mis en tête de financer un monument funéraire en l'honneur d'Apollinaire. Les amis n'imaginent pas à quel point il lui sera difficile de réunir les fonds.

Une tante, lointaine cousine peut-être, réfugiée à Nice depuis l'arrivée au pouvoir des bolcheviks, leur envoie un peu d'argent ; mais ça ne suffit pas à vivre comme Hélène l'entend. Les réceptions, les bijoux, les meubles, les robes et les chapeaux, tout cela coûte cher et Hélène n'a aucune envie de s'en passer. Dans ses rêves les plus fous, elle achèterait un cheval et, majestueuse, se déplacerait ainsi dans tout Paris. Au pire, elle l'écrirait. C'est déjà bien, d'écrire ses rêves.

Elle est d'ailleurs de plus en plus souvent Roch Grey dans son miroir magique. Il lui intime l'ordre de se raconter. Elle se réfugie dans ses souvenirs, embellis de son imagination, replonge dans le château de Krasnystaw, frissonne en se rappelant le froid et les loups. Peut-être est-ce le signe que la vie est déjà passée, qu'elle s'est achevée quelque part entre Montparnasse et Nice, dans les tranchées où tant de connaissances et d'amis ont péri, sur les trottoirs ensanglantés de la révolution des bolcheviks, et dans une allée du Père-Lachaise où, sous la terre fraîchement retournée, le corps de Guillaume se décompose lentement. De son existence, de l'étroitesse d'une seule et si courte vie avaient surgi la multitude et la dilatation de l'univers. « Comment vivre après Guillaume ? » ne cesse de se demander Hélène qui, si elle ne songe pas au suicide – « Pourquoi mourir ? » –, ne voit qu'une pente descendante dessiner les années qui lui restent à vivre.

Serge ne s'en sort pas si mal. Il continue à peindre, échange avec ses amis, et partage l'existence d'Irène, au 278, boulevard Raspail. En novembre 1920, il offre une concession perpétuelle à Apollinaire. Pour ce faire, on déplace le cercueil de trois divisions. C'est l'occasion d'une nouvelle cérémonie et de nouvelles larmes. Désormais, Apollinaire ne bougera plus et cette idée plonge Hélène dans une insondable et inexplicable tristesse.

Elle n'a ni la force ni le désir de s'occuper du monument funéraire que Serge veut élever à la gloire de leur ami disparu. La mobilisation de tous les amis et de tous les artistes qu'Apollinaire a soutenus est pourtant belle à voir. Chagall, Picabia, Gris et même Marie Laurencin vendent nombre de leurs œuvres aux enchères à Drouot pour financer le monument que Picasso a accepté de dessiner. Les trente mille francs récoltés suffisent à se lancer.

Il faut toutefois se rendre à l'évidence : pour continuer à vivre la vie d'avant, l'idée de vendre les toiles du Douanier Rousseau n'est peut-être pas si absurde après tout. Pour Serge qui ne les a jamais considérées que comme un placement, une bonne affaire, s'en séparer est dans l'ordre des choses. Mais pour Hélène qui les aime tant, c'est un déchirement.

Désormais, le grincement de l'ascenseur s'immobilisant devant sa porte d'entrée la panique. Son corps se raidit en un instant, ses boyaux se contractent. Il n'est pas rare qu'une soudaine céphalée la saisisse. Les amis se font désormais rares. Ils s'éloignent telle une nuée d'étourneaux. Effrayés par la contagion de la misère, ou plus encore, nourris par des rêves de gloire, ils préfèrent détourner le regard de peur de croiser celui d'une femme qui après l'avoir connue sombre doucement.

Peut-être que la grille de l'ascenseur va s'ouvrir sur un marchand, alléché par l'odeur de la bonne affaire.

Pensez-donc, une toile du Douanier Rousseau vue par quelques yeux seulement, presque prélevée sur le chevalet du vieux maître dont les œuvres commencent à s'arracher ! Paul Guillaume sait y faire. Il évoque les souvenirs de Nice où sur la promenade des Anglais, aux côtés de Modigliani, il avait croisé Hélène pendant la guerre, ou bien les soirées au 229, boulevard Raspail : « Ah, le bon vieux temps, ma chère baronne… » Mais son œil assuré, de celui qui reconnaît le talent et ses valeurs, glisse en même temps sur les murs du salon. Au moins, Guillaume a l'élégance de payer au juste prix, avec son argent ou celui de quelques collectionneurs.

– Ma chère baronne, vos murs sont recouverts de trésors…

– Vous ne m'apprenez rien, vous savez.

– Albert Barnes, un riche Américain, m'a mandaté. Il est très généreux. Et comme je vous aime beaucoup, comptez sur moi…

– Ah ça, je sais que compter vous savez faire…

Ambroise Vollard, un autre marchand, passe aussi de longs moments dans le salon. Mais la plus belle affaire est la vente de *Moi-même, portrait-paysage*, une toile de Rousseau, vendue au musée de Prague par l'intermédiaire de la galerie Percier pour cent quarante mille francs.

Les unes après les autres, par de jeunes mains qui ne se rendent pas compte de leur blasphème, les œuvres sont décrochées. À chaque fois, Hélène a l'impression de trahir l'amitié du Douanier, de n'être plus qu'une cannibale ou qu'une nécrophore, vivant du travail d'un mort. Les murs se vident et deviennent froids comme une nuit claire d'hiver.

Les crochets ont laissé de petits trous. Comme s'ils laissaient passer le vent glacial qui tourbillonne dans le salon soudainement nu.

Le bruit des voitures de plus en plus nombreuses qui monte du boulevard cogne dans la tête d'Hélène. Elle sait qu'il lui faudra peut-être un jour quitter ce lieu. L'argent ne rentre plus. Pendant quelques années encore, le produit de la vente des tableaux permet à Serge et à Hélène de demeurer artistes.

Vertiges Vestiges

Habillée comme un homme car c'est Roch Grey qui écrit un texte sur Rousseau, Hélène se perd dans le quartier du peintre. Qu'il est surprenant de s'égarer dans un lieu tant de fois arpenté ! Mais au cœur de l'été torride de 1921, un 22 août, elle se heurte dans le quartier Plaisance aux nouvelles impasses qui ont fleuri un peu partout, multipliant des murs qui arrêtent l'air et perdent les passants. « Quelle idée de briser ainsi les perspectives, de couper l'horizon, de me perdre », se dit-elle lorsqu'une vieille Anglaise lui indique son chemin.

La rue Perrel ne ressemble plus à celle d'avant, d'avant la guerre, d'avant la mort du peintre. Accablés par la chaleur, deux chiens reniflent paresseusement quelques taches d'urine. Hélène se retrouve enfin devant l'atelier dont le nouveau locataire lui barre l'entrée. Qu'elle connût ou pas le Douanier Rousseau n'impressionne guère le bougre, tant et si bien qu'elle doit se résigner à faire demi-tour. Les vestiges et les traces ne demeureront que dans sa mémoire. Il faut s'y résoudre, le monde d'hier a bel et bien disparu.

Mais tout est en elle. Du cœur et de la tête jusqu'à la main qui se met à écrire. Sur les peintres, Rousseau, donc, Modigliani, aussi, tant aimé. Sur Apollinaire, bien sûr. Un hommage à ses disparus. Elle écrit des « rapports ». On entendrait presque quelqu'un hurler : « Au rapport ! », et Hélène, grimée en Roch Grey, au garde-à-vous, raconter ses souvenirs et le génie créateur de ces hommes qu'elle a connus. Alors, à la fin des temps, quand les œuvres auront disparu, passées de mains en mains, de marchands en marchands, perdues ou abîmées, parfois échouées dans quelques musées bientôt inondés par les fleuves en crue ou les forêts en feu, par miracle, peut-être, elle se dit que ces « rapports » survivront. Ces mots imprimés tant de fois résisteront plus longtemps à leur inévitable disparition.

Hélène se met aussi à écrire des romans dans lesquels elle parle des carpes et des déchirures de l'enfance, de ses voyages en train, des thermes et des ruines de l'Italie, de ses souvenirs de la guerre, aussi. Elle y entrelace des fictions, du merveilleux, comme pour y perdre le réel. Quel intérêt de raconter la vie telle qu'elle a été ? Elle s'amuse à imaginer le lecteur du futur tentant, en vain bien sûr, de démêler les fils du réel de ceux de l'invention. Après tout, le fruit de son imagination n'est-il pas davantage elle-même que ce qu'elle a réellement vécu ? Ce que l'on rêve dit plus de la vérité de notre âme que ce que l'on vit. Qui peut prétendre qu'un mausolée ressemble trait pour trait à la personne à qui il rend hommage ?

Être éditée n'est pas aussi simple qu'Hélène l'imaginait lorsqu'elle met un point final au manuscrit de son premier roman, *Le Château de l'Étang rouge*, au début de l'année 1919. Il faut dire que le marché de l'édition sort très affaibli de la Grande Guerre. Les auteurs, les lecteurs et le papier manquent, et l'inflation pèse. Les difficultés de la vénérable maison Stock rachetée aux enchères par Jacques Chardonne et Maurice Delamain en 1921 témoignent de la crise du secteur. En fait, seuls Grasset et Gallimard surnagent dans le champ de la littérature française, sur lequel ils règnent sans partage. Mais ni l'un ni l'autre n'acceptent le manuscrit d'Hélène qui s'agace, certaine d'être incomprise et d'avoir écrit un chef-d'œuvre. « Ah ! si Apollinaire était encore là… Il les aurait convaincus, tous ces gagne-petit, ces sans-imagination, ces comptables de l'édition », répète-t-elle à Serge qui opine patiemment.

Pour Hélène, les temps sont étranges tant les différentes identités qu'elle prend vivent des existences de plus en plus éloignées les unes des autres. Pendant que la baronne se morfond de ses amours mortes et de sa jeunesse perdue, Roch Grey se sent saisi d'une folle énergie. Il réclame en vain mais de manière tonitruante le manuscrit qu'il a envoyé et qu'a refusé Gallimard, tout en se lançant dans l'écriture effrénée de nouveaux romans, de soliloques publiés, de réflexions sur les artistes et d'adresses aux générations futures (« ta coupable curiosité de savoir ce qu'un autre pense de toi »). Quant à Léonard Pieux, c'est-à-dire Hélène poète, souffreteux mais inspiré, il se penche chaque jour ou presque sur une feuille où bientôt courra un poème. Et quant à François Angiboult, c'est-à-dire Hélène peintre, il expose à la galerie de La Boétie ses compositions aux couleurs vives, enchâssées dans des cadres peints totémiques.

Angiboult intègre aussi le graal de l'époque : la deuxième Section d'or, mouvement cubiste fondé en 1912 par le grand théoricien du cubisme Albert Gleizes et qui renaissait de ses cendres après la guerre dans l'hostilité de nombreux anciens et l'indifférence d'autres – en premier lieu Picabia. Tout juste revenu de New York, Gleizes a en effet proposé d'ouvrir les portes à de nouveaux courants, éloignés certes du cubisme orthodoxe mais qui relanceraient l'intérêt de l'exposition en élargissant le public concerné. Il a également insisté pour qu'à côté de la peinture, la littérature ait toute sa place. C'est ainsi que le mouvement dada se trouve intégré à la nouvelle Section d'or, dont Survage était le secrétaire, et Serge le trésorier. À la demande de Paul Éluard, la section littéraire accepte donc qu'une manifestation spécifiquement dada ait lieu en mars. Mais lorsqu'ils l'apprennent, les peintres s'y opposent avec force, et en premier lieu Survage et Angiboult/Hélène qui disent défendre le cubisme contre ces dadas qui s'en sont si souvent moqué. Les tensions atteignent un tel niveau qu'à peine sorti de la houleuse réunion, Tristan Tzara prend la plume et écrit à Picabia qui se trouve alors dans le Midi :

« À la première assemblée de la Section d'or (samedi passé), il s'est passé des choses absolument dégoûtantes. Survage déclarait que c'était lui la Section d'or, Birot et Roch Grey se sont opposés à la soirée dada mais très énergiquement. J'arrangerai demain avec Dermée une assemblée générale pour samedi prochain. Si Roch Grey reste dans la Section d'or, je donnerai naturellement ma démission. »

C'est une femme qui s'est levée contre la présence dada, mais Tzara parle de Roch Grey, alors qu'il s'agit d'Angiboult. Pensant respecter l'identité choisie par Hélène, il se perd dans ce dédale hétéronyme où seule Hélène semble se retrouver. Quoique. Tzara connaît bien Hélène, pour avoir passé du temps dans le salon du 229, boulevard Raspail, un œil sur les tableaux du Douanier Rousseau, un autre sur cette créature qui une fois s'était présentée entièrement nue devant lui pour le séduire. Il n'avait pas cédé, et peut-être Hélène, bien que Roch Grey ou plutôt François Angiboult, a-t-elle encore ce goût amer dans la bouche quand elle hurle que les dadas n'ont rien à faire dans la Section d'or…

La crise se dénoue à la Closerie des Lilas où Gleizes organise une assemblée générale extraordinaire, de bonne heure le matin du 25 février, pour éviter les effluves d'alcool et leurs possibles effets sur la bonne tenue des débats. Tzara, Breton, Soupault, Dermée, Céline Arnauld, Picabia et Ribemont-Dessaignes représentent dada. Face à eux, Survage, Archipenko, Birot, Roch Grey, et bien d'autres, ne se laissent pas impressionner par l'argument de la liberté d'expression. On crie, on se moque les uns des autres, et certains craignent qu'on en vienne aux mains.

– Il faut voter ! hurle Gleizes, qui n'y voit rien car le directeur du café a décidé de couper le gaz pour calmer ces artistes surexcités.

Picabia, qui se sent en minorité, tente de convaincre.

– Quoi qu'il arrive, dada conservera la raison sociale de la Section d'or ainsi que la location de la galerie La Boétie.

– Il bluffe ! crie, à juste titre, Hélène.

À l'issue du vote, et à la grande joie de cette dernière, les dadaïstes sont exclus.

L'exposition ne connaît qu'un succès d'estime. Il est rare que, durant les deux semaines qu'elle dure, deux personnes se trouvent en même temps dans la galerie. Hélène en tire la triste conclusion qu'elle est désormais plus douée pour détruire que pour construire.

Malgré tout, et sous toutes ses identités, Hélène ne cesse de produire des traces. Coucher sur le papier des mots, des dessins, les imprimer, les figer grâce à l'encre et au plomb, les surplomber de son nom, Léonard Pieux, Roch Grey, François Angiboult, fixer. Le temps jaunira, noircira, parsèmera les supports de petites taches brunes pareilles à celles qu'elle commence à observer sur ses mains, mais il en restera toujours quelque chose. Elle doit s'atteler à ses ruines futures.

Depuis Deauville, elle écrit à Survage :

– Mon cher Leopoldchik... Pour moi, tu peux voir que je ne vais pas bien. En général, tout n'est pas bien, rien ne va. Delamain ne veut pas publier mon livre. Il dit que mon livre est très bon mais pas bon pour le grand public. C'est incroyable mais je me relève et maintenant je me suis relevée déjà et je vais continuer à faire le travail passionnant, à améliorer les mots, à écrire des nouvelles...

Se relever, continuer, améliorer, écrire. Que faire d'autre ?

Écrire et peindre, à défaut de séduire et de faire l'amour. Son corps peut encore jouir, mais il lui faut se rendre à l'évidence. Tzara lui a rappelé avec froideur que les hommes ne la regardent plus. Elle n'attire plus.

Ce n'est pas sans peine qu'elle en fait le deuil. On n'abandonne pas impunément le plaisir de la chair. La guerre a tué le désir que les hommes avaient pour elle. Son corps désiré gît dans les tranchées, aux côtés de ceux des soldats fauchés dans leur jeunesse.

Encore un peu d'amour avant la fin

Pourtant, le volcan qu'elle croyait éteint se réveille.

En douceur d'abord, avec l'imprimeur Snégaroff. Elle sait qu'elle lui plaît depuis les années d'avant-guerre. Elle a remarqué que son regard sur sa nuque, sur ses jambes et sur ses seins s'échappe brusquement quand il croise le sien. Mais comme la proie était trop facile et l'homme marié, elle n'avait jamais imaginé autre chose que ce petit jeu sans conséquence. Les lèvres charnues et la dense chevelure de l'imprimeur lui plaisent cependant et elle aime parfois imaginer sa main perdue dans ses cheveux noirs tandis qu'il lui embrasserait le cou. Ses doigts de typographe doivent être agiles. Le métier exige la même précision et la même délicatesse qu'un pianiste. Sa timidité est touchante, et il est, comme elle, un déraciné. Il s'est arraché de la Russie tsariste après la révolution ratée de 1905 où il ne faisait pas bon être socialiste et juif. Tous ses frères et sœurs se sont embarqués pour l'Amérique mais il a préféré l'Europe avec sa jeune fiancée, Olga, qu'il a rencontrée à Odessa. Mais lui vient de Vitebsk. Vitebsk, un de ces *shtetlekh* où se croisaient Chagall et Malevitch. On est loin de Krasnystaw, pourtant les paysages de leur enfance doivent un peu se ressembler. Et comme elle, et comme tant d'artistes du quartier, il ne porte pas le nom qu'il portait là-bas. Abraham Nehamkin est devenu Dimitri Snégaroff, moins juif, moins dangereux. Certains l'appellent Jacques. Pourquoi pas Jacques. Tout cela, l'imprimeur l'a raconté à Hélène un soir avant la guerre, après l'avoir croisée boulevard Saint-Jacques non loin du numéro 46 où se trouve l'Imprimerie Union. Sa timidité vaincue, il l'a invitée à boire un verre de vin de Bourgogne sur l'une des terrasses du boulevard et, libéré par l'alcool, lui a raconté un bout de sa vie. Hélène en a profité pour griffonner un petit portrait de Dimitri. Ce soir-là, elle aurait pu lui prendre la main et le conduire au 229, boulevard Raspail. Mais elle s'était raisonnée et avait pris congé de lui, tard dans la soirée. Elle ne l'avait cependant jamais découragé, non seulement parce qu'elle aimait être désirée mais aussi parce qu'elle savait qu'elle aurait toujours besoin d'un bon imprimeur à disposition.

Presque invisible et spectrale, cachée dans un immense châle sombre, Hélène sonne un froid matin de l'hiver 1923 à la porte de l'Union. Chalit, l'associé moustachu et presque chauve de Snégaroff, ouvre :

– Ah, ma chère baronne, lâche-t-il avec un fort accent russe après avoir difficilement reconnu la visiteuse… Entrez, voyons, il fait si froid !

– Non, je ne faisais que passer. Snégaroff n'est pas là ? J'ai une affaire à lui proposer…

– Non, il est au café avec Elkouken, l'architecte. Il rêve de lui faire construire sa maison, pour lui, sa femme et ses deux enfants, Gricha et Hélène. Tiens, Hélène, comme vous ! Je peux lui laisser un message… ?

– Dites-lui, il comprendra, qu'il s'agit d'un roman à imprimer, d'y intégrer des bois gravés en trois couleurs de notre bon Survage, et de mes faibles revenus…, achève-t-elle en baissant la voix, honteuse et séductrice.

Chalit, qui n'ignore rien du petit jeu d'Hélène, et qui a parlé à dessein de la famille de son ami, feint de n'y voir que du feu et lance en forçant la voix tandis qu'elle regagne déjà la porte :

– Je m'en charge. Je suis fidèle… en amitié. Je vous dis donc : « À bientôt, baronne ! »

En s'éloignant, pressant le pas pour se réchauffer, sûre de son charme, Hélène sourit. Mais bien vite, le sourire se transforme en une douloureuse grimace.

L'objet de son soudain dégoût se trouve sur le trottoir d'en face. Il vient de sortir du 67 bis, boulevard Saint-Jacques et prend la forme d'un couple d'amoureux. L'homme porte un long manteau noir, un chapeau melon, et la femme, un large manteau sombre en tweed et un chapeau cloche qui lui tombe sur les yeux. Hélène est trop loin pour entendre leur conversation, mais à la façon dont la femme heurte l'épaule de l'homme avec la sienne et conclut le geste d'un rire, il lui semble clair qu'elle le taquine. La pensée qu'ils viennent de faire l'amour ne quitte pas Hélène tout le temps qu'elle les scrute. Elle s'est arrêtée pour les laisser s'éloigner. Pas question qu'ils la remarquent et qu'ils traversent la rue pour engager la conversation. Elle n'aurait pas la force de faire comme si.

Hélène ne saurait dire ce qui la blesse le plus dans cette vision de Serge et d'Irène. Que Serge n'y voie plus clair ? Irène le trompe avec l'allégresse de celle qui sait que le cocu est aveuglé par l'amour qu'il lui porte. Fidèle toutou, tel ce bon vieux Bob, il la suit, l'attend, la cajole. Un artiste ne peut vivre en cage. Il lui rappelle, avec peine et colère, Picasso, grotesque en pingouin, les espadrilles à la remise, courant derrière Olga. Oubliés les vieux amis, Max Jacob ou elle-même. Absent même de l'hommage à Apollinaire, pas du goût de la duchesse tout ce monde d'en-bas, de là-bas ; une vraie noblesse celle-là, la danseuse de Diaghilev et ses goûts de luxe. Mais, au fond, peut-être que ce qui lui fait le plus mal est l'éloignement de Serge. Oh certes, il revient souvent, presque tous les jours, à la maison. Alors, c'est immédiatement comme avant, c'est souvent ce qui arrive entre les frères et les sœurs, de sang ou de cœur. Mais tout de même, il vit ses plus belles émotions auprès d'Irène. Et c'est auprès d'elle qu'il peint. L'appartement du 67 bis, boulevard Saint-Jacques n'a pas le luxe, loin de là, de celui d'Hélène mais il est confortable, « douillet », dit Serge. L'atelier donne sur le boulevard avec une soupente accessible par une échelle de meunier tandis que la chambre à coucher s'ouvre sur un jardin à l'arrière de l'immeuble. On entend les oiseaux, paraît-il. Hélène ne s'y est rendue qu'une seule fois à l'été 1921 lorsque Serge a choisi de s'y installer définitivement avec Irène. Hélène avait alors repensé avec une pointe de nostalgie au jour où pour la première fois elle était entrée, les bottines crottées mais le cœur battant, dans la Ruche à la suite de Soffici. Son bel amant italien ne lui donne plus beaucoup de nouvelles. Elle lui en a voulu d'avoir applaudi les chemises noires de Mussolini, mais elle lui a tout pardonné quand elle a appris qu'il avait prénommé son fils Sergio, en hommage à Serge, en septembre 1923. Hélène a la rancune fragile.

Pendant qu'Irène et Serge, serrés l'un contre l'autre, s'éloignent, elle doit se rendre à la triste évidence qu'ils s'aiment, malgré tout, et qu'elle est seule, si seule, sur ce trottoir à quelques pas d'une imprimerie où elle est allée quémander un peu de papier, d'encre, et d'amour.

« Je me suis caressée en t'attendant »

Lorsque enfin *Le Château de l'Étang rouge* sort aux Éditions Stock, Delamain et Boutelleau, agrémenté de quatre bois gravés en trois couleurs de Survage, gracieusement offerts par l'Imprimerie Union, le goût de la peau de Snégaroff appartient depuis longtemps déjà au temps des souvenirs. Il n'y eut qu'une fois et Hélène a pris peur : l'imprimeur lui a fait l'amour comme on fait l'amour à une femme qu'on aime. Cela aurait mal fini. Autant Hélène jette les hommes qu'elle a aimés et qu'elle aime encore dans les bras d'autres femmes, autant elle ne veut pas les prendre à d'autres bras. Il y avait Olga, il y avait leurs enfants, oui, cela finirait mal, dans les larmes et l'effroi de tous.

Et puis il faut dire qu'à ce moment-là, au printemps 1924, un jour qu'elle était à l'atelier, elle est tombée sous le charme d'un autre homme à l'air pénétré qui plongeait ses doigts délicats dans les petits compartiments de bois où s'enchevêtraient les lettres de plomb. C'était étrange. Elle n'avait vu que de dos cet homme aux cheveux totalement noirs, qui composait des textes avec application. Mais elle avait eu sur-le-champ envie de lui. La grâce avec laquelle il caressait le papier précieux qu'il avait choisi, sa manière de saisir entre deux doigts, le pouce et l'index, les caractères de plomb, la façon qu'il avait aussi de se caresser le cou, tout en lui attirait violemment Hélène. Dans un monde de totale liberté, elle se serait approchée de ce large dos, aurait collé son corps à celui de l'inconnu et noyé son visage dans ses cheveux noirs.

Il s'appelle Ilia Zdanevitch, mais pour tous, c'est Iliazd. Il a débarqué à Paris un matin de novembre 1921, extirpé d'un monde en ébullition révolutionnaire et artistique. Tiflis – l'actuelle Tbilissi – dont il est originaire et où il vivait au moment de son départ pour la France est alors la capitale provisoire d'une Géorgie temporairement indépendante, mystérieusement paisible, coincée entre les bolcheviks au nord et les kémalistes au sud. Était-ce cette position d'entre deux mondes, toujours est-il que Tiflis vivait dans un bouillonnement créatif auquel Iliazd n'était pas étranger. Un moment futuriste, en 1912, il avait abandonné toute référence au temps dans l'art, au point de forger sa propre théorie, le *toutisme*, et son langage au-delà de l'esprit, « transmental », le *zaoum* qui devait permettre par la polysémie de toucher directement l'inconscient du lecteur et de l'auditeur. Puis, sans connaître le mouvement dada né à Zurich en 1915, Iliazd avait constitué le groupe du « Degré 41 » qui lui ressemblait comme un frère, autant dans son ambition artistique et littéraire que dans son goût de la provocation. Il n'apprit l'existence du dada qu'à l'été 1919 par une lettre du peintre géorgien Lado Goudiachvili qui séjournait à Paris. Après quatre années passées à Zurich, Tristan Tzara avait choisi de s'installer dans la capitale française où son mouvement dada prospérait dans quelques revues et quelques esprits. C'est au moment où il lut cette lettre qu'Iliazd conçut le projet de se rendre à Paris et de s'y installer. À peine deux semaines après son arrivée, il commença son long compagnonnage avec l'Imprimerie Union. Le couple de peintres avant-gardistes Larionov et Gontcharova qui le logeait à son arrivée lui présenta une figure du petit monde des artistes et intellectuels russes de Montparnasse, Serge Romoff. Or, ce dernier travaillait au sein de l'Imprimerie Union. C'est ainsi qu'Iliazd se mit à fréquenter presque quotidiennement, et pendant plusieurs décennies, Snégaroff, Chalit, puis leurs successeurs. Invitations, affiches de bals qu'il organisait, catalogues d'exposition, livres précieux illustrés… tout le génie typographique d'Iliazd s'exprimait et s'imprimait au milieu des ouvriers échangeant naturellement dans leur langue natale. Dans le ronronnement des machines et dans une atmosphère saturée d'une douce odeur d'encre, l'atelier prenait alors des airs d'une curieuse petite Russie.

Quand il se retourne pour saluer la visiteuse, Hélène retient un sourire. C'est donc lui, le fameux Iliazd dont on parle beaucoup dans le quartier. On le dit charmant et séducteur. Qu'il peut ensorceler une femme du seul timbre de sa voix, grave et monocorde, entaché d'un petit grain que seules celles sur le point de succomber remarquent. Hélène est de celles-là. Son « Bonjour, madame » suffit. Le petit grain. Deux mots. Pas un de plus. Parce qu'elle a l'expérience de ces choses-là, Hélène sent qu'elle lui plaît aussi, et que bientôt leurs mains s'enlaceront.

L'ironie de la situation arrache un sourire crispé à Snégaroff tandis qu'il fait les présentations.

– Iliazd, je te présente Hélène, la baronne d'Oettingen.

– Bonjour, madame.

Cette femme ne lui appartient pas, et pourtant l'imprimeur la perd. C'est mieux ainsi. Il souffrirait un peu, sans doute, puis ferait d'Hélène un doux souvenir de jeunesse et des folies du corps. Il ne pourrait l'oublier, parce que, fidèle à son habitude, elle prendrait garde de se maintenir quelque part dans son cœur, pour qu'il l'emporte partout où il irait, qu'elle découvre des mondes nouveaux, par la force des sentiments. Elle gravirait le mont Blanc, quand Snégaroff s'y attaquerait, bientôt, en 1927. Il penserait à elle, même de façon fugace, quand, de la neige jusqu'aux genoux, sans savoir pourquoi, il sentirait à nouveau la lourde chevelure d'Hélène lui caresser l'épaule.

Mais, désormais, c'est celle d'Iliazd qu'elle caresserait. Hélène sent confusément qu'il sera son dernier amour. Qu'elle l'avait volé à la fatalité d'une fin de vie sans la peau d'un autre. Elle s'y accrochera comme à l'été que l'automne fait mourir.

Au début, Iliazd passant ses journées à l'imprimerie, ils se voient toutes les nuits. Hélène l'attend, le soir venu dans le silence de l'appartement, guettant le bruit de l'ascenseur, ses muscles prêts à se tendre. Ils parlent peu. Iliazd repart toujours avant le lever du jour, se débrouillant pour ne pas réveiller la belle endormie. C'est une histoire de peu de mots, de celles qui résistent mal au temps qui passe. Quelques mois tout de même, c'est déjà beaucoup, même si, à cet âge-là, c'est un éclair.

Au bout de quelque temps, parce qu'il y a les bals, les conférences et les dîners, Iliazd se met à moins venir. Il ne propose jamais à Hélène de le rejoindre. Elle en est blessée mais ne le montre pas. Elle ne veut pas être ce genre de femme. Elle ne sera pas une Marie ou une Irène. Hélène a vu dans quel état Serge était revenu boulevard Raspail après que cette dernière l'a quitté. Il n'était pas beau à voir, errant dans le quartier, lâchant ses pinceaux, malgré les suppliques des rares mais fidèles collectionneurs qui le maintenaient à flot.

Les lettres d'amour en russe s'espacent, et la résolution d'Hélène faiblit. Elle semble toutefois supplier :

« Encore une minute, monsieur le bourreau, une minute de plaisir avant le silence éternel d'une vie sans jouissance. » Elle écrit à Iliazd dans la nuit glaciale de février 1924 :

« Maintenant il est minuit passé – je ne peux faire cela toute seule. Je me suis caressée pour la dernière fois, par ennui, en t'attendant. J'ai décidé de ne plus jamais le faire. Embrasse-moi là autant que tu voudras – mais de grâce ne m'oblige pas à toute sorte de caresses, à porter des chaussons, et à t'attendre en vain. Toi-même tu ne le feras pas, moi je le ferai. »

Mais elle cède à nouveau. Moins parce qu'Iliazd l'exige que pour prolonger la vie.

« Bonsoir, lui écrit-elle peu de temps après, ma rose est toute boursouflée et en feu comme la crête d'un méchant coq tout rengorgé. Je pourrais même dire qu'au fond je t'aime mais ce n'est pas vrai, surtout en russe… »

Cela se fait sans un cri, sans même une lettre de rupture. Un jour, Iliazd ne vient plus du tout. Hélène se contente d'un petit mot :

« Toi et moi, nous savons que c'est fini. C'est ainsi. Soit. »

Iliazd ne répond pas, soulagé de la tournure des événements, conforté dans la lâcheté propre à son sexe.

Hélène, une liste, l'une des dernières, peut-être :

Ce qui me quitte :

- Les caresses d'un homme.
- Les lettres d'amour.
- Les bruits des pas d'un amant dans l'escalier.
- Iliazd.
- Un peu, la vie.

Les derniers fidèles

Au mont-de-piété, dans un bureau auxiliaire du septième arrondissement de Paris, désormais, on la salue comme une habituée de l'infortune. Hélène vit encore dans l'illusion de l'opulence. Son rang passé la préserve de l'attente et de l'humiliation de la salle commune mais son sort est le même que celui des autres. Un à un, les bijoux sont déposés devant un agent au regard fatigué, dans un bureau particulier, dédié aux pauvres honteux, autrement dit aux riches désargentés. Pour la plupart, ce sont des femmes qui fréquentent ces lieux. Les hommes restent à la porte de ce gynécée du malheur, couards parmi les couards, ou alors ignorant tout des actions de leurs épouses pour tenter de sauver la soupe de la famille.

Contrairement au blabla répété machinalement par l'employé municipal, Hélène sait qu'elle dit adieu pour toujours à ses bagues, ses colliers et ses bracelets. Viendront bientôt les vêtements, et même quelques parfums.

Elle se sépare en apparence de l'accessoire, mais en fait de l'essentiel. De ce qui faisait d'elle une femme du monde, désirée et aristocrate. À présent, il lui faudra vivre à nu, avec une peau qui se ride et que plus personne ne caresse, des plis nouveaux chaque matin découverts, des cheveux qui grisonnent, des yeux qui s'attristent et des souvenirs en bandoulière. Faire feu de son existence d'hier. Souffler sur les braises, pour tenir en attendant la fin.

Chez elle, toujours boulevard Raspail, à l'aube des années trente naissantes, dans le dépouillement d'un appartement vidé peu à peu de sa sève, Hélène vieillit, entourée de ses créations, signées Angiboult. Les toiles cubistes d'antan se sont transformées en objets artisanaux et colorés. Ici, un coussin brodé sur lequel ne manque qu'une chatte tricolore, là une tapisserie semblable à un patchwork indien, dans les mêmes tons et la même technique, une veste pendue dans l'entrée et, sur une table basse, une bonbonne et deux petits vases en terre cuite délicatement enduits d'ocres, d'un Sud qui désormais ne vit plus que dans ses souvenirs. Et des monceaux de papiers jonchant les étagères, les sols et même le lit, recouverts de l'écriture penchée de Roch Grey ou de Léonard Pieux, dans des alphabets latins ou cyrilliques.

Ce bazar artisanal plaît beaucoup à Pierre Albert-Birot qui est devenu un habitué des lieux. Chaque jour ou presque, pendant des années, le poète ami d'Apollinaire à titre posthume rend visite à Hélène. Les conversations prennent toujours un tour littéraire. Ils ne sont pas de ceux qui aiment s'attarder sur le passé. À quoi bon ressasser ? Ils savent tout ce qu'ils ont vécu et tout ce qu'ils ont perdu. Hélène n'a qu'à montrer sur les murs les traces blanches que les tableaux ont laissées pour mesurer l'usure du temps. Nul mot n'est nécessaire. Un simple regard suffit.

Et le présent les afflige, surtout Hélène. Elle écrit à Soffici :

« La laideur générale de la vie littéraire et artistique d'ici dépasse dans sa vulgarité et canaillerie tout ce que vous pouvez vous imaginer. »

Quant au futur, Hélène n'en imagine aucun. Ce serait à ceux qui viendraient après de l'envisager.

Reste donc le temps suspendu de la littérature qui est le ciment même de l'amitié entre Hélène et Pierre. Comme Remy de Gourmont et Apollinaire avant lui, ce dernier décèle en elle des talents d'écrivain. Au fond, c'est Roch Grey et non Hélène qu'il voit si souvent. Elle lui lit ses textes, il les écoute dans un silence religieux et aime plus que tout ses constructions héritées de la langue maternelle, ses mots déformés. Il parle de « génie littéraire » et d'un auteur « libre en face de la langue française ». Un jour qu'Hélène/Roch lui lit un texte, Pierre corrige quelques erreurs grammaticales puis soudain se lève d'un bond et, à l'écoute d'un mot pris dans un sens inusité, s'écrie, touché par la grâce :

– Gardez cette construction, gardez ce mot, le français doit vous en remercier.

Les romans de Roch Grey des années 1920 doivent beaucoup au regard poétique et bienveillant de Pierre Albert-Birot. Las, ils ne rencontrent aucun succès.

Heureusement, pour le quotidien, Hélène peut compter sur les subsides de Serge. Sans connaître lui non plus la gloire que son talent mérite, il vit tout de même de sa peinture grâce à la générosité de quelques collectionneurs et surtout, à partir de 1930, d'Henri-Pierre Roché qui a connu les folies parisiennes d'avant-guerre et dont l'amour des femmes est légendaire. Il couchera sa passion tragique pour Helen Grund et son amitié fusionnelle avec son époux Franz Hessel dans *Jules et Jim* au début des années 1950. Roché signe un contrat avec Serge, lui assurant un salaire décent contre la livraison de quelques tableaux. Pendant plusieurs années, Hélène et son frère pourront survivre grâce à l'argent de cet homme secret et fidèle qui leur permet, d'extrême justesse, d'éviter l'expulsion de l'appartement du boulevard Raspail en 1933. Ce n'est qu'un sursis.

Puisque tout s'achève

Hélène claque la porte d'entrée comme elle l'a fait des milliers de fois. Mais elle ne la rouvrira plus. C'en est fini du boulevard Raspail, l'arbre de Hugo elle ne fera plus que passer devant. Il appartiendra à ce passé où s'entassent les lacs des carpes, la Ruche de Soffici, l'hôtel particulier du boulevard Berthier, le dos du Douanier Rousseau, les songes d'Apollinaire, les caresses des hommes, le sourire de Survage et le sauvage Iliazd. Il faut repartir sur les routes de l'exode, la main dans celle de Serge, un couple de déjà vieux sur le boulevard Raspail balayé par les vents de septembre 1935.

Cela ne servait à rien de pleurer.
Que restait-il à vivre ?
L'agonie viendrait à qui sait attendre,
Se donner la mort,
Hélène n'en avait ni le courage,
Ni l'envie.

L'Exposition internationale des arts et des techniques de 1937 offre un dernier écrin à l'inspiration de Serge.

Le marionnettiste Roger Roussot est invité par un théâtre à mettre en scène un drame comique écrit par Pierre Albert-Birot. Pour aider ses amis, ce dernier propose à Serge d'en réaliser les décors. Ce travail arrive à point nommé. Hélène et lui vivent au bord de la misère dans l'appartement de ce dernier sur le boulevard Saint-Jacques. Les WC sont communs. Serge fait chauffer de l'eau grâce au poêle à charbon. L'ambiance est souvent lourde. On échange peu de mots. Il n'est pas facile de devenir pauvre.

Mais, comme il arrive parfois, la vie bruyante s'invite brusquement. Soudain, dans la salle d'eau, frigorifiée, Hélène hurle dans l'appartement :

– Si je ne me lave pas, je ne sentirai pas mauvais car je suis une aristocrate, une aristocrate ! Oui, monsieur Serge, les aristocrates sentent bon !

Elle rit à gorge déployée jusqu'à ce que surgisse Serge pour verser délicatement de l'eau chaude sur ses épaules tombantes et frêles. Et, à des heures que les bourgeois auraient considérées comme farfelues, Hélène se met au fourneau et cuisine, fort mal, de quoi survivre. Mais Serge, formidable compagnon de malheur, prétend se régaler. Hélène n'est pas dupe mais feint d'entendre un sincère compliment. Un vieux couple.

Ainsi va la vie. Affaiblie par une incessante fatigue, Hélène passe de longues heures de la journée au lit, où, entourée de feuilles noircies, elle livre ses pensées avec avidité. Des lettres à ses anciens amants, surtout à

Survage à qui une nuit elle écrit, espérant que Germaine ne tombe pas sur ses mots :

> « Toi le dernier sur cette liste
> Énumération tendre de ceux que j'aime le plus
> Toi comme un plastron tout blanc étalé sur mon cœur
> Façade brillante comme la neige sur un rocher… »

Dans son lit, pareil à un océan de souvenirs et de nostalgie, elle est le capitaine d'un navire à la dérive. Tantôt Roch Grey pour la prose, tantôt Léonard Pieux pour la poésie. Le miroir à trois pans a été vendu depuis longtemps. Son identité n'est plus le produit d'un reflet magique, mais un choix né de l'inspiration du moment. Elle est particulièrement fière d'un long poème qu'elle a intitulé *Chevaux de minuit*. On va là où l'on vous attend. Les écuries, la vapeur qu'évacuent les naseaux, la robe humidifiée par l'effort, l'intense sentiment de liberté une fois montée, le danger que la domesticité n'a jamais totalement effacé… Du fond de son lit, souffreteuse, Hélène s'évade où son imagination l'attend. Ce poème ne sera jamais publié. Apollinaire en aurait sûrement fait un écrin de calligrammes délicats et poétiques. Mais une seule lettre distingue « publié » et « oublié ».

On ne se souvient déjà plus de Roch Grey, Léonard Pieux, François Angiboult et Hélène d'Oettingen, malgré les efforts sublimes et vains de Pierre Albert-Birot de crier à la face du monde qu'il y a là un génie littéraire. Autant d'identités pour finir dans l'oubli de tous. C'est à désespérer.

Le soir, incapable de s'endormir, Hélène sort se promener dans le quartier, ombre filiforme au teint d'une pâleur suspecte et aux joues creusées pareilles à des grottes. Elle ne regarde personne dans les yeux de peur d'être reconnue, et se contente de longer les murs des immeubles gris. Elle se fond, fait corps avec les façades et les trottoirs, au point de fusionner avec cette ville qu'elle a tant aimée. Les terrasses lui sont désormais interdites. Les habitudes d'hier sont devenues des luxes qu'elle ne peut plus s'offrir : elle n'a aucun revenu et ne survit que grâce aux petits boulots que Serge doit se résoudre à cumuler.

C'est alors qu'elle tombe malade. Une toux rauque d'abord, qu'elle met dans un premier temps sur le compte de la froide humidité de l'appartement du boulevard Saint-Jacques. Serge lui trouve un médecin. C'est une femme répondant au doux prénom de Rose qui passe chaque jour au chevet d'Hélène. Le mystère de la maladie reste longtemps entier. Hélène refuse les examens que Rose lui prescrit :

– Arrêtez de m'embêter avec votre science et parlons plutôt des arts.

Chaque jour, jusqu'au milieu de la nuit, les deux femmes échangent à voix basse de peur de déranger Serge. Dans ce monde improvisé et nocturne, Hélène parle beaucoup, s'invente des souvenirs et crache son venin sur les éditeurs, les galeristes et les marchands de tableaux qui lui ont tourné le dos. Souvent, épuisée par la maladie, Hélène s'endort. Sur la pointe des pieds en prenant garde à ne pas trop faire craquer le parquet de chêne, Rose s'en va, émue.

TZORES !

Les silences de l'intimité se déchirent dans le fracas du monde. La guerre, encore, la guerre. Ils n'auront plus d'Apollinaire à lui prendre. Alors, pourquoi, à nouveau, la guerre ? Hélène divague, ne comprend plus rien à ce monde. Et la maladie la ronge. Dans sa chambre de l'hôpital Notre-Dame-de-Bon-Secours, où elle séjourne désormais régulièrement, les infirmières et les médecins chuchotent pour ne pas l'effrayer. Le terrible mot n'est jamais prononcé devant Hélène : leucémie. Pas celle qui foudroie et balaie la vie en quelques semaines ou mois, non, mais celle lancinante qui ronge doucement tel un petit rat jamais rassasié.

Les vagabondes pensées d'Hélène la conduisent dans un long monologue auprès d'un médecin juif, qu'elle appelle docteur Heinz. Il a fui l'Allemagne nazie et le luxe d'une vie fastueuse. Elle se reconnaît dans ce destin du déracinement, de l'errance et du déclin. Mais oui, elle est semblable à ces Juifs qu'on pourchasse. Le docteur Heinz lui raconte l'histoire de son peuple, de ses patriarches et de son Dieu. Hélène écoute avec avidité ces récits d'un autre monde, inscrit dans l'éternité des temps. Elle admire son étonnante érudition, son humour aussi, exempt d'ironie, du désir de mordre ou de blesser. Elle demeure chrétienne mais trouve en ces histoires le substrat d'une foi qu'elle découvre aux portes de la mort. Elle s'amuse de la proximité des mots « paria » et « Paris ». Puis, le docteur Heinz disparaît, laissant Hélène seule sous son abat-jour bleu et noir. L'a-t-elle imaginé ?

À tâtons, une nuit d'été 1942, dans le noir de l'appartement, elle atteint la porte donnant sur la rue et se trouve immédiatement saisie par une lumière bleue qui déchire la nuit dans un bruit rauque de moteur. Est-ce un wagon à bestiaux ? Autre chose ? Des gémissements viennent du véhicule. Hélène entend une voix :

– Ce sont les enfants juifs qu'on a séparés de leurs mères !

La lumière de la lune éclaire les têtes serrées des enfants. La gorge d'Hélène s'ouvre pour dégager non le sang qui aurait pu en jaillir mais des cris venus de la nuit des temps :

– Malédiction ! Malédiction ! Dieu éternel ! Dieu terrible ! Malédiction, hurle-t-elle en courant derrière le camion qui s'est mis en branle.

Un homme l'attrape à la volée et lui crie de lui indiquer son immeuble. En un instant, il la jette à l'intérieur et lui intime l'ordre de fermer la porte à clé. Hélène, le souffle court, assise par terre, le dos contre la porte, entend les bruits de bottes des hommes qui passent bruyamment dans la rue, à quelques centimètres d'elle. Ils parlent fort et rient. Elle songe à sa grande famille polonaise, chassée de ses terres pour céder la place aux gens venus de loin, qui voulaient les voir partir ou mourir. Dans le creux de cette nuit sans fin, tout se mêle en elle. Le cortège des enfants, sa propre errance, la folie des hommes et la mort qui ne tardera plus à l'emporter.

Que sont devenus les lumières des années d'avant la Grande Guerre et le bruit du vent dans les pins de La Baule ? Plus aucune étoile ne viendra à son secours.

Et soudain, un mot ! Remonté des entrailles d'un monde yiddish bientôt disparu, Hélène l'articule, comme possédée, toujours sur le sol : « *Tzores !* » C'est d'abord du bout des lèvres. Puis de toute la bouche. Et enfin de tout son corps :

– *TZORES !*

Ce mot surgi du tréfonds de l'âme yiddish, qui signifie à la fois le trouble, la détresse, le malheur et la pauvreté, la maladie et la dépression, c'est Hélène qui le crie. Son œuvre accomplie, le docteur Heinz disparaît à jamais.

Qu'il est long de mourir

Serge est comme paralysé par les souffrances d'Hélène. Il a l'obsession de gagner de l'argent pour la soigner. Avec un vieil ami russe, Dimitri Balachowski, il achète des brevets pour réaliser un moteur à eau qui lui assure quelques revenus erratiques.

Hélène et Serge déménagent à la fin de l'année 1942. L'architecte Lucien Bechmann, connu notamment pour avoir dessiné l'hôpital Rothschild à Paris, a quitté précipitamment Paris avec son épouse. Recherché par la Gestapo, il n'a d'autre choix que de se réfugier dans une ferme dans la campagne environnant Grenoble. Au moment de fuir, il confie à Serge les clés de son grand appartement bourgeois de la rue du Conseiller-Collignon dans le quartier de la Muette. Hélène et Serge profitent deux ans du confort dont ils ont été privés depuis si longtemps. Mais au retour des Bechmann, le couple de l'errance doit reprendre son chemin et, comme un triste symbole, atterrit dans une impasse, l'impasse du Rouet à deux pas d'Alésia, où chacun dispose d'un petit atelier austère déniché par le marionnettiste Roussot qui les a pris en pitié.

Hélène se jette à corps perdu dans l'écriture. La guerre s'est achevée mais l'horreur de la découverte des camps la hante :

– Pendant des siècles, on va parler de cela – et les nouveaux venus – s'ils ne sont pas déjà « emmonstruosés » au sein de leur mère – pleureront d'étonnement et d'effroi. Maintenant, toutes ces choses seront démontrées en forme concrète – ordonnées, soupesées, vérifiées, rangées – écrites en milliards de pages unifiées en un seul cri de désapprobation.

Qu'il est long de mourir.

Chaque soir, Hélène s'endort très tard avec la crainte de ne plus se réveiller. Et chaque matin, elle remarque que la vie s'accroche encore à son corps de plus en plus frêle.

Elle ne sort plus guère que pour ses séances de rayons X à l'Institut Curie. Tous les dimanches, Serge se rend chez les Survage qui reçoivent leurs amis à l'heure du thé. Hélène ne veut pas se montrer dans un tel état de décomposition, surtout à Léopold. Il y a ses cheveux, qui sont tombés à cause du traitement, sa peau abîmée par les maladies, ses vêtements qu'elle réalise elle-même en assemblant des tissus récupérés sur d'anciennes tenues.

Un dimanche cependant, Serge la convainc de venir. Hélène n'a pas, cette fois-ci, la force de résister. Et elle sent que cela lui ferait plaisir. Il fait tant pour elle qu'elle accepte. En arrivant au 26 de la rue des Plantes, recroquevillée derrière Serge, Hélène semble minuscule. Germaine, maîtresse de maison irréprochable et aimante, apparaît un grand sourire aux lèvres, masquant mal le dégoût que lui inspire la baronne, moins par son accoutrement baroque que par son comportement maladif. Elle le juge déplacé. Si Hélène en avait eu le courage et la force, elle aurait hurlé « *Tzores* » et serait partie en courant. Mais celle qui avait la folie de ce genre de choses est morte depuis bien longtemps déjà. Alors Hélène se contente d'un sourire poli et veille à échapper au regard perçant quoique vieillissant de Survage. Elle s'assoit en bout de table, silencieuse à défaut d'être invisible.

En repartant, elle remarque qu'une toute jeune fille, une nièce des Survage, la fixe avec effroi, bien que la tenue loufoque d'Hélène et sa perruque rousse de travers prêtent plutôt à sourire. Elle s'approche de la jeune inconnue qui esquisse un mouvement de recul devant cette femme décharnée et spectrale. Son regard mélancolique la rassure et, d'une voix blanche, Hélène lui glisse dans un léger sourire :

– Il faut mettre un peu de poésie dans les choses de la vie.

La santé d'Hélène se dégrade définitivement en 1948. Clouée dans son atelier, elle est emportée par la fièvre dans un monde cotonneux et fantasmé où les fantômes du passé flottent et se frôlent, sans jamais se heurter. C'est comme une chorégraphie de son existence. Ses amants, ses amis, ses ennemis aussi, tous sont là, à leur place. Les maisons visitées ou habitées, les tourbillons des portes, des escaliers, la bourrasque de l'imprévisible, les odeurs des parquets cirés. « C'est l'heure des Remémorences », écrit Hélène dans un moment de réveil. Mais elle sait qu'elle n'en aura pas le loisir.

Tout est passé si vite, et pourtant, elle n'a plus le temps de se souvenir de tout. Se souvenir de tout, c'est le temps d'une deuxième vie. Alors, elle décide de ne retenir que des bribes et de laisser les fantômes se promener à leur guise dans l'atelier. « Faites comme chez vous », semble-t-elle leur dire.

La morphine la soulage mais l'épuise. Elle délire. Parfois, avant de sombrer dans le sommeil, elle caresse la photographie d'Otto, son premier amant, son premier mari, celui devant lequel elle s'était montrée nue une nuit, celui qui lui avait ouvert les portes de l'existence. La cortisone la déforme.

– Tuez-moi, supplie-t-elle à qui veut l'entendre.

Rose détourne le regard pour qu'Hélène ne voie pas ses larmes.

Serge est désespéré.

– Aucun deuil ne dure, lui susurre Hélène pour le rassurer.

Mais ni l'un ni l'autre ne le croient. Il faut ne pas avoir vécu pour croire à une telle idiotie.

Après neuf jours d'agonie, Hélène meurt chez elle, dans la soirée du 3 août 1950. Au moment du trépas, dans un sourire de douleur, elle chuchote à Serge : « Mon frère... », qui le replonge instantanément dans le train qui les avait conduits, il y a mille ans, vers Paris.

Sans elle, Serge tombe dans un gouffre immense aux parois lisses. Il se met à relire tous les textes et les manuscrits d'Hélène, et pleure à chaque page. Il n'imaginait pas qu'un homme puisse avoir autant de larmes dans son cœur. Le pauvre homme s'en veut de ne pas avoir su offrir une vie plus heureuse à celle qu'il avait le plus aimé.

Quatre jours plus tard, une poignée de fidèles se retrouve au cimetière de Bagneux. Le temps est radieux. Pierre Albert-Birot, les Roussot, Rose et quelques voisins entourent Serge qui pleure en silence. Par un curieux hasard, au retour du cimetière, il trouve une lettre de Soffici qui ignorait tout de l'état de santé d'Hélène.

« Je ne vous ai jamais oubliée. Je n'ai rien oublié. »

En repliant la lettre, Serge se dit qu'Hélène aurait été heureuse de lire ces mots.

Un temple pour l'éternité

« Tout est à recommencer, à rebâtir dans ma vie. » Serge se jette à corps perdu dans le travail. Des tableaux mais aussi des tapisseries que lui commande la manufacture des Gobelins. Paris lui étant désormais insupportable, il accepte toutes les invitations en province et trouve une famille de substitution auprès des Roussot.

Hélène est de toutes ses pensées. La culpabilité a laissé place à une insondable tristesse. En classant les manuscrits d'Hélène, il tombe sur *Chevaux de minuit*, le long et magnifique poème écrit bien des années plus tôt… Serge reconnaît avec certitude qu'il tient un monument entre les mains. De ceux qui doivent être visités, comme un temple funéraire à la gloire d'un auteur que le monde avait ignoré de son vivant. « Elle aimait tant les ruines. Je dois lui en offrir à sa mesure », se dit-il.

Les hommes qui l'ont aimée et qu'elle a aimés doivent être les architectes de ce monument. Serge insiste. Il supplie Iliazd d'accepter d'éditer le poème en souvenir de « l'époque toute proche et déjà effroyablement lointaine où les poètes vivaient parmi nous ». Le typographe cède. Snégaroff, malade et sur le point de quitter l'imprimerie, ne peut refuser cet ultime hommage. Mais pour que l'œuvre soit mémorable, il faut l'illustrer. Picasso résiste aux appels répétés de Serge et d'Iliazd. À presque soixante-quinze ans, occupé à regarder vers l'avenir radieux du socialisme, il n'est pas homme à se replonger dans les misères d'avant la guerre de 14. C'est alors qu'il tombe en arrêt devant la casquette qu'Iliazd porte sur la tête.

– Iliazd, file-moi ta casquette !

– Ah, Picasso, elle te plaît, cette vieille casquette toute noire et toute simple ? Moi aussi, elle me plaît…

– Allez, elle m'ira mieux qu'à toi…

– D'accord, Picasso. Je te la donne. Mais à une condition…

– Tu m'intéresses, le Géorgien ! Laquelle ?

– Tu illustres le poème d'Hélène, le dernier poème d'Hélène. Quelques chevaux gravés à la pointe sèche, on lui doit bien ça, à elle et à Serge.

Hilare, et ému, Picasso accepte.

Le livre délicat et précieux, tiré à seulement soixante-huit exemplaires aux frais de Serge et bien aidé par la générosité de Snégaroff, est présenté le 15 mai 1956 à la galerie Bignou, rue La Boétie. Malgré la foule des grands jours, on parle doucement ce jour-là à la galerie, comme on le fait à un enterrement.

Dans un coin, silencieux comme souvent, Serge fixe

cet instant avec le sentiment d'avoir accompli la chose la plus importante de sa vie.

Un jour du passé, quand déjà la jeunesse avait été fauchée par la guerre de 14, avec emphase, Max Jacob avait dit à Hélène : « Vous êtes notre temple d'avant-guerre. » Elle qui aimait tant les ruines d'Italie parce qu'elles rappelaient la grandeur passée avait ri. Tellement ri.

La couverture de ce roman est ornée d'un portrait d'Hélène par Modigliani. Ce portrait n'est connu du public que par une mauvaise photo en noir et blanc. C'est tout.

Grâce au site secretmodigliani.com qui recense l'ensemble des œuvres du peintre, je retrouve ce portrait sans peine, daté avec un point d'interrogation de l'année 1917. Cette année-là, Hélène aurait posé pour Modigliani, très certainement à Nice. Le portrait mesurerait cinquante-six centimètres sur trente-six, et serait une huile sur toile. Là encore, des points d'interrogation. Tous ces mystères trouvent leur explication quelques lignes plus bas : on ignore où se trouve le tableau, on ignore s'il a été perdu. Bref, personne ne l'a vu depuis longtemps. Peut-être même qu'aucun être vivant aujourd'hui ne l'a jamais vu.

De ce tableau, il ne reste donc que cette photographie que je découvre dans les archives de Serge Férat. Le site indique que Paul Guillaume en devient propriétaire en 1920. L'hypothèse qu'Hélène lui ait vendu le portrait à cette date est crédible, puisque c'est précisément à cette époque que le collectionneur lui achète des toiles du Douanier Rousseau. Le 24 janvier 1921, la galerie Bernheim acquiert le portrait puis celui-ci tombe à nouveau entre les mains de Paul Guillaume le 27 mai 1924 pour la somme de 1 653 francs. Le convertisseur de l'Insee m'apprend que « compte tenu de l'érosion monétaire due à l'inflation, le pouvoir d'achat de 1 653 francs en 1924 est donc le même que celui de 166 037,18 euros en 2022 ». Vu la cote de l'artiste à l'époque, le prix me paraît bien faible et je me dis que Paul Guillaume a fait une très bonne affaire.

Cela n'est pas la fin des points d'interrogation, puisqu'en poursuivant mes recherches, je lis les mots « collection privée », sans autre précision. Un expert d'une grande maison de vente parisienne m'indique qu'il est fréquent qu'une œuvre réapparaisse miraculeusement, même un siècle après sa « disparition ». J'hésite. Je ne sais plus si j'espère voir ce portrait un jour, ou si je ne préfère pas secrètement qu'il reste dans les limbes, uniquement exhumé de l'oubli total par une unique reproduction. La perte dit tant de ce que fut l'existence d'Hélène…

Le portrait a été exposé deux fois au public en 1922. Deux expositions Modigliani. La première à Paris, entre le 7 et le 21 février à la galerie Bernheim-Jeune. J'aime imaginer Hélène devant son portrait. Fit-elle le voyage, quelques mois plus tard, à Venise ?

En effet, entre le 15 avril et le 31 octobre, il fut accroché à la XIIIe Biennale, dans la salle 12 : « Modigliani retrospective ». Puis, plus jamais.

Hélène, qui disait être née à Venise, y disparaissait. Dans les brumes et les canaux. Là où naissent et meurent les vies rêvées.

Note sur les sources

Ce roman s'appuie sur un grand nombre de lectures. Ne sont cités ici que les sources et les travaux portant spécifiquement sur la baronne d'Oettingen.

Les écrits d'Hélène d'Oettingen

Ses romans mêlent fiction et autobiographie dans un savant mélange dont seule l'autrice connaît le dosage.

Sous le nom Roch Grey, Hélène a publié quatre romans, tous chez Stock :

Le Château de l'Étang rouge (1926) ;
Les Trois Lacs (1926) ;
Âge de fer (1928) ;
Billet circulaire n° 89 (1929).

Ils ont fait l'objet d'une réédition récente aux Éditions Conti, avec un avant-propos éclairant d'Isabel Violante (2010).

S'ajoutent, à titre posthume, *Journal d'une Étrangère. Chroniques de guerre et d'amour, 1914-1918*, sorti en 2016 aux

Éditions du Minotaure ; et le manuscrit d'un roman inédit, dormant depuis plus de six décennies dans les affaires de Dimitri Snégaroff et de ses descendants : *Tzores*.

Les écrits de la baronne sur les artistes permettent d'approcher la sensibilité de son autrice tout en glanant quelques informations biographiques savamment disséminées. Ils sont compilés dans *Roch Grey. Photographies verbales. Écrits sur l'art et les artistes (1913-1956) : Apollinaire, Modigliani, Rousseau, Van Gogh, en provenance du Fonds Serge Férat* (introduction d'Isabel Violante, galerie Le Minotaure, 2016).

Les archives

Le Fonds Serge Férat et Hélène d'Oettingen, donné par Alban Roussot à la bibliothèque Kandinsky à Paris sous la cote FER 1 – 5, comporte quatre classeurs où l'on trouve essentiellement des lettres et des photographies.

Une partie de la correspondance de Serge et Hélène a été publiée : celle avec Guillaume Apollinaire dans *Correspondance avec les artistes, 1903-1918* (Gallimard, 2009) et celle avec Ardengo Soffici dans *Correspondance, 1903-1964* (L'Âge d'Homme, 2013).

Quelques travaux universitaires éclairant l'œuvre romanesque de la baronne

Arlette Albert-Birot, « Roch Grey, un témoin de l'Esprit nouveau », dans *Les Oubliés des avant-gardes*, sous la direction de Barbara Meazzi et Jean-Pol Madou, Éditions de l'Université de Savoie, 2006, p. 139-157.

Elisa Borghino, *Des voix en voie. Les femmes, c(h)œur et marges des avant-gardes*, thèse de doctorat de littérature, Universités de Grenoble et de Turin, sous la direction de Franca Bruera et Jean-Pol Madou, 2012.

Barbara Meazzi, « Roch Grey, une "étrangère" à Paris », dans *Le Troisième Sexe des avant-gardes*, sous la direction de Franca Bruera et Cathy Margaillan, Paris, Classiques Garnier, 2017, p. 121-138.

Anne Reverseau, « "Les regards envoyés dehors". Roch Grey, une politique moderniste du déplacement », dans *L'Esprit créateur*, vol. 53, n°3, automne 2013, p. 37-49.

Jeanine Warnod, *Chez la baronne d'Oettingen. Paris russe et avant-gardes*, Paris, Éditions de Conti, 2008.

DU MÊME AUTEUR

Essais

L'AMÉRIQUE DANS LA PEAU. QUAND LE PRÉSIDENT FAIT CORPS AVEC LA NATION, Armand Colin, 2012.

KENNEDY, UNE VIE EN CLAIR-OBSCUR, Armand Colin, 2013.

BILL ET HILLARY CLINTON. LE MARIAGE DE L'AMOUR ET DU POUVOIR, Éditions Tallandier, 2014.

JE SUIS TON PÈRE. LA SAGA STAR WARS, L'AMÉRIQUE ET SES DÉMONS, Naïve, 2015 ; rééd. : STAR WARS. LE CÔTÉ OBSCUR DE L'AMÉRIQUE, format poche, Armand Colin, 2018.

LITTLE ROCK, 1957. L'HISTOIRE DES NEUF LYCÉENS NOIRS QUI ONT BOULEVERSÉ L'AMÉRIQUE, Éditions Tallandier, 2018.

Romans

PUTZI : LE PIANISTE D'HITLER, Éditions Gallimard, 2020.

Composition IGS-CP
Impression CPI Bussière en novembre 2023
Éditions Albin Michel
22, rue Huyghens, 75014 Paris
www.albin-michel.fr
ISBN : 978-2-226-48589-2
N° d'édition : 25535/01 – N° d'impression : 2074341
Dépôt légal : janvier 2024
Imprimé en France